Méso-Amérique
N
CHICHIMÈQUES
HUAXTÈQUES
TOTONAQUES
HIDALGO
El Tajín
Tula
Teotihuacán
Tlatilco
Tenochtitlán / Mexico
Cacaxtla
Puebla
Cholula
Xochicalco
Chalcatzingo
VERACRUZ
Veracruz
Golfe du Mexique
OLMÈQUES
La Venta
San Lorenzo
R. Coatzacoalcos
MIXTÈQUES
Monte Albán
Oaxaca
M E X I Q U E
GUERRERO
ZAPOTÈQUES
OAXACA
TABASCO
R. Usumacinta
Chiapa de Corzo
CHIAPAS
HAUTES TERRES MAYAS
Palenque
Piedras Negras
Yaxchilán
Bonampak
R. Pasión
Dzibilchaltun
Mayapán
Uxmal
Jaina
Sayil
Labna
Chichén Itzá
YUCATÁN
Cobá
Tulum
CAMPECHE
BASSES TERRES MAYAS
QUINTANA ROO
Santa Rita
Cerros
Lamanai
El Mirador
Uaxactún
Tikal
PETÉN
BELIZE
GUATEMALA
Quiriguá
Nebaj
Utatlán
R. Motagua
Copán
Iximché
Kaminaljuyu
Izapa
Abaj Takalik
El Baúl
Ocos
SALVAD
Océan Pacifique
Sites anciens
Villes modernes
0 100 200 km

Introduction

Bien que les peuples du Nouveau Monde et de l'Europe de la Renaissance soient pour la première fois entrés en contact en 1492, la découverte, par les explorateurs espagnols, des grandes civilisations indigènes du Mexique méridional et de l'Amérique centrale ne remonte qu'au XVIe siècle. Les populations établies dans ces régions étaient concentrées dans des cités imposantes qui s'étaient dotées de formes complexes d'administration et de gouvernement, employaient des systèmes d'écriture et des calendriers hautement élaborés et avaient produit une poésie, une musique, des danses et des arts d'un niveau très élevé. Malheureusement, les conquistadores européens ne s'intéressèrent pas du tout à ces richesses culturelles ; ils étaient seulement avides d'or et de biens matériels. En 1521, la capitale aztèque de Tenochtitlán fut donc prise et mise à sac, et seule une infime fraction des trésors qu'elle abritait échappa à la destruction ou fut sauvée de l'oubli. Un an plus tôt, examinant à Bruxelles les objets aztèques que Hernán Cortés avait fait parvenir à l'empereur Charles Quint, l'artiste allemand Albrecht Dürer s'était exclamé : « De toute ma vie, je n'ai rien vu qui me réjouisse autant le cœur que le spectacle de ces choses, car elles comprennent vraiment de magnifiques œuvres d'art, et la subtilité intellectuelle des habitants de ces contrées étrangères m'a stupéfié. » A quoi l'on pourrait ajouter que, même si Dürer ne pénétra guère leur signification profonde, ces œuvres exprimaient bel et bien des modes de pensée qui étaient tout aussi raffinés que les objets qu'il avait eu l'occasion de contempler.

Il y a certes lieu de regretter la destruction massive des livres pliés en accordéon, des sculptures et de toutes les autres merveilles qu'entraîna la conquête espagnole, mais encore plus tragique fut la disparition des coutumes et des croyances indigènes, qui s'effondrèrent sous l'impact des massacres et de la maladie, aggravés par l'esclavage et la conversion généralisée. Du fait de cet immense désastre culturel, nombre des mythes ici présentés ont dû être reconstruits en partie grâce aux rares collections précolombiennes qui sont conservées dans les principaux musées et les plus grandes bibliothèques de notre planète, et cet ouvrage aurait donc pu se contenter de décrire les dieux défunts d'un peuple anéanti. Or tel ne sera pas notre propos, car la mythologie méso-américaine est loin d'être éteinte : elle survit de nos jours encore, dans une large mesure, à travers les croyances et les dires des modernes descendants des Aztèques, des Mayas et des autres populations indiennes du Mexique et de l'Amérique centrale.

Les régions occupées par les Aztèques et les Mayas s'étendaient sur une très vaste aire géographique, aujourd'hui couramment désignée par le terme de Méso-Amérique, qui englobait à la fois le sud et l'est du Mexique, la totalité du Guatemala, du Belize et du Salvador, l'ouest et le sud du Honduras et tout le littoral pacifique de l'Amérique centrale jusqu'à la péninsule de Nicoya, au Costa Rica. Les anciennes populations méso-américaines partageaient plusieurs traits culturels originaux : on peut citer, par exemple, deux calendriers de 260 et 365 jours qui permutaient en constituant des grands cycles d'environ 52 ans, les écritures de type hiéroglyphique, les livres pliés en accordéon et les terrains de pelote entourés de murs où étaient fixés des anneaux de pierre. Le fait est que, même si elles étaient morcelées en une multitude de cultures distinctes et parlaient souvent des langues qui ne leur permettaient pas de se comprendre mutuellement, ces populations n'en avaient pas moins établi des contacts réguliers au fil des millénaires, grâce aux migrations, aux activités commerciales, aux guerres de conquête et aux pèlerinages religieux – si bien qu'il n'est pas étonnant que les mythologies des Aztèques, des Mayas et des autres habitants de cette Méso-Amérique ancienne présentent tant de points communs.

Même s'il peut arriver, à l'occasion, que certains des dieux, des symboles et des épisodes mythiques décrits dans ces pages paraissent étrangement similaires à tel ou tel motif mythologique de notre continent européen, tous procèdent à l'évidence d'un développement indépendant, aucun échange entre les civilisations du Vieux et du Nouveau Monde n'étant attesté avant le XVIe siècle. En revanche, on peut noter que, comme tous les autres habitants du Nouveau Monde avant l'arrivée des Espagnols, les Méso-Américains étaient issus de peuplades qui étaient passées de Sibérie en Alaska vers la fin de la dernière glaciation en traversant à pied le détroit de Béring, alors émergé. Par là s'expliquent, sans doute, les liens qui peuvent être repérés entre plusieurs croyances méso-américaines – mythes de transformation chamanique, thème du lapin solaire, importance accordée aux arbres et aux points cardinaux, etc. – et l'Asie orientale : il est permis d'imaginer que ces croyances avaient été introduites par ces premiers immigrants, peut-être dès le Xe millénaire avant notre ère.

Regards sur l'histoire de la Méso-Amérique précolombienne

Si on les compare à Sumer ou à l'Égypte, force est de constater que les hautes civilisations méso-américaines surgirent à une époque relativement tardive. Les Olmèques – peuple dont la culture est non seulement la plus ancienne que l'on connaisse dans ces régions mais fut peut-être aussi la première à mériter le nom de civilisation – essaimèrent à partir des Basses Terres tropicales qui jouxtent les États actuels de Veracruz et de Tabasco. Pratiquant, comme toutes les sociétés méso-américaines postérieures, une économie de type agricole fondée essentiellement sur la récolte du maïs (plante qui joue encore un rôle économique prépondérant dans la Méso-Amérique contemporaine), ces Olmèques firent figure de pionniers en matière d'architecture et de sculpture en érigeant, dès le XIIe siècle avant notre ère, des centres cérémoniels et des statues colossales où apparaît déjà une très riche iconographie : toutes sortes de motifs cosmologiques, de scènes divines ou de symboles de pouvoir ornent leurs édifices et leurs statues. Tandis qu'une autre ancienne civilisation méso-américaine fut celle des Zapotèques, qui s'étaient installés pour leur part sur les Hautes Terres de l'État actuel d'Oaxaca : premier des peuples de cette région à disposer d'un calendrier et à employer un système d'écriture, ils gravèrent dès le VIe siècle av. J.-C. (~600) d'importantes informations historiques sur leurs pierres calendariques, la cité montagneuse de Monte Albán leur servant de capitale pendant plus d'un millénaire ; contrairement aux Olmèques, dont la culture s'éteignit vers ~400 av. J.-C., les Indiens Zapotèques constituent aujourd'hui encore l'un des principaux groupes indigènes de l'Oaxaca.

Durant la période protoclassique (IIe-IIIe siècle ap. J.-C.), des cultures urbaines complexes se développèrent sur une très vaste partie de cette Méso-Amérique ancienne. Dans le secteur oriental maya, une architecture et un art très impressionnants par leurs dimensions monumentales commencèrent à fleurir sur des sites tels qu'Izapa, Abaj Takalik, Kaminaljuyú, El Mirador, Uaxactún et Tikal : à Izapa, notamment, de nombreuses stèles de pierre sont ornées de scènes qui ont un caractère indiscutablement mythologique.

Bien que connue des Mayas protoclassiques, l'écriture ne prit son plein essor qu'au cours de la période classique (IVe-IXe siècle) : c'est à partir de cette époque, uniquement, qu'elle fut portée à son plus haut niveau de complexité. Non seulement on sait aujourd'hui, grâce aux paléographes qui ont réussi à déchiffrer leurs glyphes, comment les Mayas classiques nommaient certains de leurs dieux, de leurs cités et de leurs rois, mais on dispose en outre d'un abondant matériel épigraphique et artistique qui jette une lumière insolite sur maints aspects de leur mythologie. Les splendides œuvres d'art et les magnifiques réalisations architecturales de Palenque, Yaxchilán, Tikal et Copán marquent l'apogée de la civilisation maya classique, et tout indique que les habitants de ces villes et d'autres sites encore partageaient des croyances similaires en dépit de leurs divisions politiques – plutôt que de former un empire unique ou de s'être rassemblés en une confédération, les Mayas classiques semblent avoir appartenu à une multitude de cités rivales qui ne furent jamais unifiées. Pour la plupart, ces sites furent désertés à l'issue de cette phase classique, mais cet événement ne mit pas fin pour autant à la civilisation des Mayas, puisque leur plus grande épopée connue, dite *Popol-Vuh*, nous fut transmise par un scribe maya quiché qui entreprit de la coucher par écrit au XVIe siècle. Ces récits sacrés, dont le souvenir continue à alimenter les traditions des Mayas contemporains, constituent l'une des principales sources d'informations de notre livre en ce qui concerne la mythologie des Mayas préhispaniques.

Un site, en particulier, prédomina au centre du Mexique dès la période protoclassique : appelé plus tard Teotihuacán par les Aztèques, il ne nous est connu que par ce terme, qui signifie « demeure de ceux qui devinrent des dieux » en nahuatl. C'était là, en effet, que le Soleil et la Lune avaient été créés, selon ces mêmes Aztèques, à qui l'on doit également les noms des deux plus grands édifices de cette cité majestueuse (« pyramide du Soleil » et « pyramide de la Lune »). Datant des débuts de l'ère chrétienne, la structure massive de la pyramide dite « du Soleil », qui est la plus haute de ces deux monuments, s'élève au-dessus d'une caverne naturelle, détail qui renvoie peut-être au thème, largement attesté dans la mythologie méso-américaine postérieure, de l'émergence de l'humanité à partir de la terre. A son apogée, qu'elle atteignit pendant la période classique, la ville de Teotihuacán couvrait une aire de 20 km^2 et abritait une population qui peut être estimée à quelque 200 000 habitants : sur ses murs en plâtre figurent encore des fresques éclatantes où l'on peut reconnaître certains des dieux auxquels les Toltèques, les Aztèques et d'autres cultures ultérieures du Mexique central rendraient plus tard un culte.

Au début de la période postclassique ancienne (900-1250), Teotihuacán, Monte Albán et maintes cités mayas furent presque totalement abandonnées. Le site de Tula, qui remonte à cette période et se trouve lui aussi sur le plateau central mexicain, est aujourd'hui assimilé à la légendaire Tollan, capitale des Toltèques où aurait régné le roi-prêtre Topiltzin-Quetzalcóatl – équivalent humain du grand dieu Quetzalcóatl qui, selon les textes centre-mexicains et mayas yucatèques, serait parti fonder une autre capitale sur de mystérieuses « terres rouges » orientales vraisemblablement localisées au Yucatán ; et le site yucatèque de Chichén Itzá présente justement des traits toltèques si marqués que ses liens avec Tula paraissent incontestables pour cette phase postclassique ancienne.

La période postclassique récente (1250-1521) vit fleurir les cultures que les Espagnols découvrirent au XVIe siècle : la quasi-totalité des livres pliés préhispaniques qui sont parvenus jusqu'à nous datent de cette période, bien que plusieurs auteurs d'origine tant espagnole qu'indigène aient aussi décrit les croyances et coutumes de cette époque dans des œuvres composées dès les premiers temps de la colonisation européenne. Si les Mayas classiques sont mieux connus que leurs successeurs, l'ère aztèque s'inscrit totalement dans cette période postclassique récente ; or ces Aztèques, qui se nommaient eux-mêmes *Culhua Mexica*, n'étaient pas originaires du Mexique central : ils s'y étaient fixés tardivement, leur capitale, Tenochtitlán, bâtie sur une île lacustre où s'élève aujourd'hui la moderne Mexico, n'étant fondée que vers 1345. Lors de la conquête espagnole, cependant, soit moins de deux siècles après cette fondation, les Aztèques auraient créé le plus vaste empire jamais apparu dans la Méso-Amérique ancienne.

Les origines et la croissance de l'État *mexica* sont fortement reflétées par la religion aztèque. Les Aztèques, en effet, n'hésitèrent pas à s'approprier brutalement les croyances et les iconographies des peuples qui les avaient précédés afin de se réclamer d'un prestigieux héritage – le site de Tula, par exemple, leur était particulièrement cher, et plusieurs de leurs dieux provenaient manifestement de la légendaire capitale des Toltèques ou même de la cité encore plus ancienne de Teotihuacán ; comme ils n'hésitèrent pas, non plus, à adopter les pratiques religieuses de quelques-uns de leurs contemporains, tels les habitants de la vallée de Puebla, les Huaxtèques de la région du golfe du Mexique ou les Mixtèques de l'Oaxaca. Cette adoption volontaire de coutumes étrangères permettait de consolider les conquêtes tout en instaurant une certaine unification culturelle, et les conquérants aztèques poussèrent si loin cette volonté d'adoption qu'ils firent construire un temple spécial (le Coateocalli) pour les dieux étrangers dont ils possédaient l'effigie. Mais, même si nombre de ses divinités et une grande partie de sa mythologie furent empruntées à d'autres cultures méso-américaines, le peuple aztèque disposa aussi de mythes qui ne procédaient pas d'un syncrétisme : la légende de la naissance guerrière d'Uitzilopochtli au mont Coatepec, notamment, lui était spécifique, et elle compta d'autant plus qu'elle fournit une sorte de légitimation sacrée à l'expansion politique de l'État aztèque.

La religion dans la Méso-Amérique précolombienne

Les calendriers

Les calendriers ont joué un rôle essentiel dans toute la Méso-Amérique préhispanique, tant dans le domaine de la vie quotidienne qu'au plan de la mythologie. L'un des cycles les plus fondamentaux était celui du calendrier de 260 jours, qui combinait des nombres (allant de 1 à 13) et des signes (20 au total) : ainsi, un jour particulier était désigné par une appellation telle que « 1 Caïman », le même nombre ne se retrouvant associé au même signe qu'au bout de 260 combinaisons (13 × 20). Et les individus, les dieux ou même les différents âges du monde étaient souvent nommés d'après ce cycle de 260 jours : Topiltzin-Quetzalcóatl, le légendaire souverain de Tollan, était appelé par exemple « 1 Roseau » (*Ce Acatl* en nahuatl) par les Aztèques, de même que nombre de dieux mentionnés dans l'épopée de création du *Popol-Vuh* maya se voient également affecter des noms de jour tirés de ce même calendrier.

Les Méso-Américains se servaient également d'un deuxième cycle calendarique qui a laissé une empreinte moins forte dans leurs mythes. Divisé en 18 mois de 20 jours suivis de 5 jours additionnels et dit « vague » parce qu'il lui manquait un quart de jour pour égaler l'année solaire, ce calendrier de 365 jours était en usage simultanément au cycle de 260 jours : chaque année vague était désignée par une date empruntée au calendrier de 260 jours, et, par suite des permutations de ces deux cycles, une année vague donnée, telle que « 2 Roseau », ne réapparaissait que tous les 52 ans.

Un troisième système de computation du temps recueillit en outre la faveur des Mayas et de leurs voisins de la Méso-Amérique sud-orientale. Connu sous le nom de « Compte long » et de type vicésimal (c'est-à-dire ayant pour base 20), ce système notait les jours à partir d'une date mythique correspondant à l'an 3114 avant notre ère ; quoique initialement apparu dès le Ier siècle av. J.-C. ailleurs que dans l'aire maya, ce calendrier fut considérablement perfectionné par les Mayas classiques, et une forme abrégée de « Compte long » continua à être employée au cours de la période coloniale par les populations mayas du nord de la péninsule yucatèque.

Ces calendriers ordonnaient l'espace tout autant que le temps. Chacun des 20 signes du calendrier de 260 jours était orienté dans une direction particulière, ces 20 séries de 13 jours tournant dans le sens inverse des aiguilles d'une montre (de l'est vers le nord, puis vers l'ouest et enfin vers le sud) : si bien que les années du calendrier de 365 jours se déplaçaient elles aussi dans ce sens antihoraire d'un an à l'autre. La première page du codex Fejérváry-Mayer illustre cette donnée en montrant un calendrier de 260 jours orienté vers les quatre points cardinaux, liés eux-mêmes à des oiseaux et des arbres ; Xiuhtecuhtli, dieu mexicain du feu et du temps, est figuré au centre sous l'aspect d'un guerrier vers lequel convergent quatre flots de sang émis par le bras, la jambe, le torse et la tête tranchés de Tezcatlipoca, l'une des plus grandes divinités du Mexique central. Bien que l'épisode mythique auquel renvoie cette scène ne soit pas attesté par d'autres sources, on peut supposer que ce motif de la dispersion, par Xiuhtecuhtli, du corps démembré de Tezcatlipoca était intimement associé à la création du calendrier et des quatre directions – c'est-à-dire à la délimitation de l'ensemble du continuum spatio-temporel.

Il importe de remarquer, d'autre part, que ces divers calendriers ne distinguaient pas seulement des semaines de 13 jours, des mois de 20 jours, des années vagues et d'autres séquences temporelles : ils servaient, en outre, à repérer des intervalles sacrés dont beaucoup étaient tenus pour dangereux. Car, aux yeux des Méso-Américains anciens, les éclipses solaires et lunaires, les révolutions de la planète Vénus, les déplacements apparents des constellations, etc. – si précises qu'aient été leurs observations et prédictions en tous ces domaines – ne découlaient pas des effets de la mécanique céleste mais reflétaient les activités des dieux, qui étaient censés rejouer sans cesse certains épisodes mythiques liés à la création du monde : au Mexique central, par exemple, l'apparition matinale de Vénus – l'étoile du matin – à l'est du ciel était assimilée à celle de Tlahuizcalpantecuhtli, Seigneur de l'Aube qui avait affronté le Soleil quand cet astre s'était levé pour la première fois au-dessus de Teotihuacán. Et les cycles majeurs de ces trois calendriers avaient en eux-mêmes une dimension sacrée : on sait ainsi que les Mayas classiques avaient coutume de commémorer le terme des plus importantes subdivisions du « Compte long » en érigeant des stèles de pierre, tout comme on sait par ailleurs que la fin de l'année vague de 365 jours était tenue pour une date particulièrement néfaste par les Mayas postclassiques du Yucatán, le texte colonial *Cantares de Dzitbalché* allant jusqu'à préciser que le monde était comme détruit et recréé (thème présent aussi bien dans les rituels yucatèques du Nouvel An que dans les récits de création de la mythologie maya) à chacune de ces occasions ; quant aux Aztèques, ils attendaient l'achèvement de leurs grands cycles de 52 ans avec une très vive inquiétude car ils redoutaient que la « ligature des années » ne pût être effectuée par l'allumage du « feu nouveau » – ce qui permettrait aux *tzitzimime*, démons terrifiants qui vivaient dans les étoiles, de s'emparer de nouveau du monde.

Le couple jour/nuit

L'opposition du jour et de la nuit est un concept clé de la pensée méso-américaine. Dans plusieurs récits d'origine indigène, le lever de la première aube est décrit comme l'événement qui mit fin à la période mythique de création en inaugurant le temps légendaire et historique qui était celui des mortels : le *Popol-Vuh* maya quiché précise que les dieux et les bêtes sauvages se pétrifièrent sitôt après la première apparition du Soleil, tandis que, selon un texte aztèque, Tlahuizcalpantecuhtli s'était métamorphosé en dieu de la pierre et du froid quand Teotihuacán avait été pour la première fois éclairée par les lueurs de l'aurore. Comme c'était également au point du jour et dans cette même Teotihuacán que les dieux aztèques étaient censés s'être sacrifiés pour conférer son mouvement au Soleil, leurs restes étant placés ensuite dans des « ballots » sacrés d'après une version de ce mythe. Tant pour les Aztèques que pour les Mayas, la condition et l'apparence ultérieures de leurs divinités – le fait, tout à la fois, qu'elles ne se fussent plus manifestées à eux qu'à travers des statues de pierre inertes et aient dû être adorées sous l'aspect de « ballots » sacrés – s'expliquaient par ces épisodes.

Si l'aube réintroduisait l'ordre et la stabilité des heures

diurnes dans l'existence quotidienne des mortels, la nuit, en revanche, renvoyait aux temps mythiques qui avaient vu naître les dieux et les démons. Selon les traditions contemporaines des Indiens de Veracruz, seule la lueur des étoiles empêche les rochers de se transformer en jaguars après le coucher du soleil, et les Méso-Américains croyaient effectivement que toutes sortes de créatures maléfiques (démons, monstres protéiformes, etc.) s'éveillaient dès la tombée de la nuit. Les ténèbres des heures nocturnes étaient tenues pour particulièrement propices à l'établissement d'une communication avec le monde des esprits, car, non seulement les rêves étaient assimilés à un voyage périlleux à l'occasion duquel le dormeur pouvait rencontrer ses ancêtres, les dieux et d'autres êtres surnaturels, mais c'était aussi au cours de la nuit que les champignons divins, le peyotl, les graines de la « gloire du matin » ou d'autres substances hallucinogènes étaient ingérés dans le but d'entreprendre des périples similaires. De même, c'était dans le ciel nocturne, enfin, que les mouvements apparents des constellations ou des planètes répétaient continuellement les épisodes sacrés de la création – c'était pourquoi les éclipses solaires effrayaient tant les Méso-Américains : elles leur montraient comment les étoiles et les autres créatures de la nuit pouvaient supplanter la lumière du jour.

Mais, si le chaos de la nuit et l'ordre du jour se faisaient pendants, la différenciation de ces deux principes ne participait pas d'un dualisme rigide ni ne s'apparentait à une distinction simpliste entre forces du bien et forces du mal. Car, aux yeux des Méso-Américains, ces contraires ne se combattaient pas d'une façon absolue : ils se complétaient en s'opposant, et tous deux étaient nécessaires à l'existence. Exactement comme le sommeil est l'indispensable contrepartie revitalisante des activités diurnes, la nuit et le temps sacré redonnaient force et vigueur au monde profane. Les dates et les transitions critiques des cycles calendariques correspondaient en ce sens à des périodes de régénération durant lesquelles les forces créatrices primordiales se manifestaient de nouveau ; les rites et les présages, ainsi que la médiation d'êtres vivants tels que les rois, les prêtres, les chamans et les jumeaux, permettaient à cette régénération de s'opérer en inscrivant ce temps sacré et mythique au sein même de la réalité quotidienne.

Les jumeaux

En règle générale, les Méso-Américains regardèrent les jumeaux comme des créatures inquiétantes et atypiques qui étaient chargées d'une signification religieuse néfaste et symbolisaient une anormalité quasi monstrueuse. Au Mexique central, par exemple, le dieu canin Xolotl était rattaché à la fois aux jumeaux et aux difformités physiques, et le dominicain Fray Bartolomé de Las Casas souligna que les Aztèques se sentaient si menacés par les naissances gémellaires que les parents avaient coutume de mettre à mort l'un des deux nouveau-nés sitôt après l'accouchement. Mais cette peur que suscitaient les jumeaux ne tenait pas seulement aux perturbations potentielles qu'ils risquaient d'apporter dans le bien-être parental : car ils renvoyaient aussi au redoutable temps mythique de la création. De fait, les mythes des Aztèques, des Mayas ou des autres populations méso-américaines font très souvent état de jumeaux qui ouvrent la voie à l'humanité en pourfendant des monstres ou qui deviennent des héros culturels en créant l'environnement et les biens matériels nécessaires à la vie humaine – ce en quoi ils incarnaient autant le conflit et le changement qu'ils étaient créateurs d'ordre.

Non seulement le *Popol-Vuh* maya quiché narre en détail les aventures des jumeaux héroïques Ixbalanque et Hunahpu, qui descendirent dans le monde souterrain de Xibalba pour venger la mort de leur père et de leur oncle (jumeaux eux aussi), mais le personnage centre-mexicain de Quetzalcóatl, grand héros culturel s'il en est, semblerait avoir entretenu également un rapport avec la gémellité, car le vocable *cóatl* signifiait à la fois « jumeau » et « serpent » en nahuatl. Ce même Quetzalcóatl est souvent apparié à Xolotl ou à Tezcatlipoca dans les mythes de création aztèques, et l'on peut remarquer que ces appariements, même s'ils sont moins explicites que celui de Hunahpu et d'Ixbalanque chez les Mayas quichés, sont très proches, par leurs connotations, du concept de héros jumelés. Il est certain, en tout cas, que l'on est confronté ici à un motif fort ancien qui était répandu dans l'ensemble du Nouveau Monde – par-delà la Méso-Amérique, cette association de la gémellité à l'héroïsme se retrouve dans les mythes de création des populations du reste de l'Amérique centrale, des Basses Terres de l'Amérique du Sud et du sud-ouest des États-Unis.

Éthique et finalités de l'existence humaine

Les mythes sacrés des Méso-Américains ne traitent pas seulement des origines du monde – ils dispensent, en outre, toutes sortes de conseils précieux sur la façon dont il convient de mener sa vie. Parmi les vices les plus fréquemment mentionnés comme susceptibles de conduire au désastre ou à la défaite figurent l'arrogance et la cupidité : dans la mythologie aztèque, ce n'est pas le riche et futile Tecuciztecatl mais l'humble et courageux Nanahuatzin qui devient le Soleil, de même que, dans le *Popol-Vuh*, les jumeaux héroïques Ixbalanque et Hunahpu tuent l'oiseau monstrueux Vucub Caquix pour le punir de son orgueil. Les rois, notamment, devaient se prémunir contre la morgue et l'avarice qui guettent tous ceux qui exercent de hautes fonctions en se pénétrant de ces exemples, et nombre de textes sacrés les rappelaient à leurs devoirs en leur proposant d'utiles modèles de conduite.

Mais des questions plus profondes encore, telle celle qui a trait au sens de l'humaine existence, étaient également abordées par les mythologies aztèque et maya. On lit ainsi dans le *Popol-Vuh* que les dieux créèrent l'actuelle humanité – la race du maïs – afin que les hommes les nourrissent par leurs prières et leurs sacrifices ; tandis que les textes aztèques justifient par ailleurs la nécessité des sacrifices humains en les comparant tantôt au sacrifice volontaire des dieux à Teotihuacán, sans lequel la Lune et le Soleil n'auraient pu être mis en branle, tantôt au meurtre de Coyolxauhqui et de ses frères, sans lequel Uitzilopochtli n'aurait pas survécu. Or la machinerie du monde, de la même façon, ne pouvait se maintenir et perdurer qu'en étant alimentée en permanence par le sang des hommes. En un certain sens, et quel que soit l'opprobre dont ils ont été couverts, on pourrait donc dire que les cruels rites sacrificiels des religions méso-américaines exaltaient la responsabilité des êtres humains en les posant comme les pivots essentiels de l'équilibre cosmique.

Sources majeures et histoire de la recherche

A l'instar des autres peuples de la Méso-Amérique ancienne qui possédaient un système d'écriture, les Mayas et les Aztèques consignèrent leurs mythologies sur des supports consistant aussi bien en des manuscrits pliés en accordéon qu'en des vases peints, des bois et os ciselés ou de monumentales sculptures de pierre ; mais les images qu'ils produisirent parallèlement pour illustrer tel ou tel épisode mythique ou décrire les attributs d'un dieu particulier se révèlent tout aussi intéressantes que leurs textes et inscriptions.

Si les manuscrits préhispaniques connus sous le nom de *codex* jettent une lumière essentielle sur les religions précolombiennes, seules dix-huit œuvres d'inspiration authentiquement indigène, au total, sont parvenues jusqu'à nous. Sur les milliers d'ouvrages rédigés par les Mayas anciens, quatre seulement subsistent : les codex postclassiques de Dresde, de Madrid et de Paris, plus un quatrième – le codex Grolier – récemment découvert. Tandis que, pour le Mexique central, cinq manuscrits particulièrement importants (dits Groupe Borgia d'après le plus beau d'entre eux) ont survécu : les codex Borgia, Vaticanus B. Cospi, Laud et Fejérváry-Mayer. Si le style des peintures qui ornent ces cinq codex est typiquement centre-mexicain et permet de les dater avec certitude de la période postclassique récente, la provenance exacte de ces œuvres n'est pas connue : on peut dire, tout au plus, que ces manuscrits semblent émaner de régions et de localités différentes ; que les territoires auxquels certains ont pu être rattachés – la vallée de Puebla pour le codex Borgia, et la zone de Veracruz pour les codex Laud et Fejérváry-Mayer – étaient sous le contrôle de l'Empire aztèque ; et que divers détails de leur facture – proportions des corps, conventions pictographiques, etc. – suggèrent par ailleurs qu'ils ne furent pas peints à Tenochtitlán même. Néanmoins, le contenu religieux de ces cinq documents corrobore et confirme leur origine aztèque.

Malheureusement pour nous, ces quatre codex mayas et les cinq codex du Groupe Borgia sont avant tout des livres divinatoires qui énumèrent des prédictions en les rapportant à des dates du calendrier sacré. Les dieux, de ce fait, y sont beaucoup plus souvent associés à des augures spécifiques qu'à des séquences narratives, et, dans ces séquences, rares sont celles qui ont trait à des épisodes proprement mythologiques : parmi ces neuf manuscrits, seul le codex Borgia fait parfois exception à cette règle en illustrant des mythes aztèques dans certaines parties de ses pages centrales. Or, si d'autres livres préhispaniques traitent bien de mythologie – le codex Vindobonensis, par exemple, décrit avec précision plusieurs épisodes de création incluant les origines et l'histoire de « 9 Vent », appellation mixtèque de Quetzalcóatl –, aucun matériel comparable n'a été conservé pour les aires aztèque et maya, l'arrivée des Espagnols ayant été ici fatale à tous les recueils de cet ordre. Mais on dispose, en revanche, d'un certain nombre de récits mythiques rédigés en caractères latins qui paraissent avoir été transcrits à partir d'ouvrages précolombiens : selon l'auteur du manuscrit quiché à partir duquel fut établie la version espagnole du *Popol-Vuh* maya, ce manuscrit dérivait lui-même d'un livre très ancien qui aurait disparu dans la tourmente de la colonisation ; comme on sait également que certaines descriptions coloniales de mythes imputés aux Aztèques sont issues de codex préhispaniques aujourd'hui perdus.

Nos principales sources d'informations, en ce qui concerne la mythologie aztèque, datent ainsi du début de la période coloniale plutôt que de l'ère préhispanique. En effet, si la plupart des *encomenderos* espagnols visèrent uniquement à s'enrichir en exploitant la force de travail des populations indigènes et décrièrent les antiques réalisations des Aztèques, les franciscains, les augustins et les dominicains prêtèrent au contraire une grande attention aux œuvres grandioses qu'ils découvrirent. Estimant que seuls des êtres humains dotés d'une âme rationnelle, et par conséquent capables d'être christianisés, pouvaient avoir créé de telles splendeurs, les membres de ces ordres religieux incitèrent l'Église à placer les Indiens sous sa protection, afin de bâtir une société meilleure et plus juste sur les terres du Nouveau Monde. Mais, si Bernardino de Sahagún, Juan de Torquemada, Bartolomé de Las Casas et d'autres clercs du XVIe siècle décrivirent souvent avec enthousiasme les raffinements et la complexité de la civilisation préhispanique, leur admiration, bien entendu, ne s'étendit pas à tous les aspects de la culture indigène : la religion aztèque, en particulier, leur sembla barbare et même démoniaque, et ils la frappèrent donc d'anathème pour construire, grâce à la conversion, la société utopique dont ils rêvaient.

Parmi tous les religieux qui vinrent s'établir au Mexique – ou en Nouvelle-Espagne, comme on disait alors – au XVIe siècle, les observateurs les plus féconds des coutumes et croyances indigènes furent les franciscains. Favorisés à la fois par Hernán Cortés et par la Couronne d'Espagne – ils furent invités dès 1524 à ouvrir une mission à Mexico afin de convertir les

Indiens à la vraie foi –, ils comprirent très vite que seule une connaissance approfondie de la langue, des mœurs et des croyances locales leur permettrait de réussir dans leur entreprise évangélisatrice. Les membres de cet ordre nous ont donc légué nombre de témoignages capitaux, au premier rang desquels figurent ceux de Fray Andrés de Olmos ; non seulement ce franciscain étudia avec zèle la langue et la culture des Aztèques, mais il fut aussi l'auteur probable de l'irremplaçable *Historia de los Mexicanos por sus pinturas*, recension majeure des mythes de création aztèques qui fut reprise au moins en partie dans l'*Histoyre du Méchique* (cet ouvrage à teneur également mythologique ne subsiste plus de nos jours que dans sa version française, l'original espagnol à partir duquel cette *Histoyre* fut composée ayant disparu).

Mais le chroniqueur le plus renommé en la matière fut sans conteste Fray Bernardino de Sahagún, qui débarqua au Mexique en 1529 et consacra l'essentiel de son existence à étudier la langue et la civilisation des *Mexica*. Quoique partageant l'avis de ses contemporains quant au caractère maléfique et pernicieux de la plupart des traditions aztèques – il précisa, dans un passage célèbre, qu'il se voyait comme un médecin qui devait comprendre l'origine des symptômes d'une maladie pour être en mesure de la soigner –, Sahagún n'en tint pas moins à porter témoignage sur ce monde fascinant qui se dissolvait sous ses yeux. Il contribua d'autant mieux à sauver de l'oubli la société et la religion aztèques qu'il ne se contenta pas de tirer ses informations de sources orales (pour l'essentiel, des vieillards lettrés dont la jeunesse remontait aux temps préhispaniques) comme les autres chroniqueurs de son époque ; il eut en outre la chance de gagner la confiance de scribes indigènes qui l'aidèrent à déchiffrer d'anciens codex – textes dont il souligna l'importance dans ces lignes :

> Les livres peints dont ils s'entouraient regorgeaient de personnages et de scènes qui leur rappelaient les actes de leurs ancêtres en retraçant des épisodes survenus parfois plus de mille ans avant que les Espagnols ne pénètrent dans ce pays.
> La plupart de ces manuscrits furent brûlés lorsque furent détruits les autres vestiges de leur idolâtrie, mais beaucoup aussi ont été cachés et sont encore conservés aujourd'hui ; nous les avons vus, et c'est en consultant ces écrits anciens que nous avons pu comprendre les antiques coutumes de ce peuple.

S'il fut un écrivain particulièrement prolixe qui rédigea d'innombrables ouvrages savants, c'est surtout à l'*Historia general de las cosas de Nueva España* que le nom de Sahagún est aujourd'hui attaché. Véritable encyclopédie en images (on y trouve plus de 1 850 illustrations) de la culture aztèque, cette œuvre bilingue (elle fut rédigée à la fois en nahuatl et en espagnol) constitue le traité le plus exhaustif et le plus précis qui ait jamais été écrit sur une culture préhispanique, et trois de ses Livres (sur un total de douze, tous consacrés à un thème spécifique) sont particulièrement importants pour l'étude de la mythologie aztèque. Le Livre I décrit en détail les dieux majeurs du panthéon aztèque, tandis que le Livre III résume des légendes aussi essentielles que celle de la naissance d'Uitzilopochtli tout en brossant un compte rendu quasi historique du séjour de Quetzalcóatl à Tula ; et, si la création du Soleil à Teotihuacán n'est évoquée que très succinctement dans ce dernier Livre, cet épisode mythologique est longuement commenté au Livre VII de l'*Historia general...* qui traite quant à lui des phénomènes célestes et dépeint les cérémonies célébrées à l'issue des cycles de 52 ans.

Mais la contribution de Sahagún ne souleva guère d'applaudissements en Nouvelle-Espagne, car la Couronne castillane et les franciscains, après avoir d'abord défendu les Indiens contre les exactions des colons, pratiquèrent une politique de plus en plus répressive à partir des années 1570. A cette date, en effet, il n'était que trop patent que la grande expérience précédemment imaginée avait échoué. Non seulement aucune société utopique n'avait vu le jour au Nouveau Monde, mais les populations indigènes étaient décimées par la maladie, le travail forcé ou les privations entraînées par les trop lourdes levées d'impôts ; et tout indiquait par ailleurs (signe ô combien plus inquiétant pour les autorités espagnoles !) que la conversion au christianisme était loin d'être acquise, nombre d'autochtones restant secrètement attachés aux cultes interdits et professant un mélange impie de croyances mi-catholiques, mi-idolâtres. Dans un tel contexte, l'usage écrit des langues indigènes dans des textes religieux fut tenu de plus en plus pour un ferment de désordre spirituel (en tant qu'obstacle potentiel à la conversion) et civil (en tant que mode d'affirmation d'une identité culturelle incompatible avec le maintien de l'ordre public), et la confiscation des œuvres bilingues de Sahagún fut donc ordonnée par Philippe II dans un décret royal daté de 1577. Bien que l'original de son *Historia general...* ait disparu à cette occasion, un double de ce manuscrit fut expédié en Espagne à la fin de 1579 ou au début de 1580 ; et c'est grâce à cette copie, oubliée ensuite pendant deux siècles puis redécouverte en 1779, que l'enquête de Sahagún est parvenue jusqu'à nous. Connue aujourd'hui sous le nom de codex de Florence, cette œuvre miraculée peut être admirée à la Bibliothèque médicéo-laurentienne de Florence.

Outre ce codex de Florence, de nombreux autres manuscrits pictographiques d'origine centre-mexicaine ont été produits sous le patronage des Espagnols : les illustrations qui ornent ces livres démontrent qu'ils furent conçus pour la plupart par des artistes qui étaient parfaitement familiarisés avec les conventions de l'art préhispanique. Le magnifique codex Borbonicus, par exemple, est un spécimen presque pur de manuscrit aztèque : il fut vraisemblablement peint dès les premières années de la conquête espagnole, à la demande de religieux qui souhaitaient se documenter sur les calendriers et rituels indigènes. Tandis que les codex Magliabechiano, Telleriano-Remensis et Vaticanus A associent des textes (décrivant des dieux, des rites, etc.) à des images (dépeignant en détail les costumes ou les autres attributs des principales divinités aztèques), et que le codex Vaticanus A, dit aussi codex Ríos, contient à la fois une splendide illustration des strates célestes et souterraines et un récit de l'affrontement mythique de Quetzalcóatl et de Tezcatlipoca à Tollan.

Pour ce qui est de l'aire maya, le plus proche équivalent connu du codex de Florence est la *Relación de las cosas de Yucatán* du franciscain Fray Diego de Landa, car l'auteur de ce texte rédigé vers 1566 se proposa lui aussi de brosser un tableau encyclopédique d'une culture préhispanique – en l'occurrence de la culture maya des Basses Terres du Yucatán ; mais, indépendamment même de sa moindre richesse iconographique, cette œuvre ne saurait être comparée à celle de Sahagún, car la qualité, le contenu et la portée des observations de Landa furent gravement entachés par la rigueur de ses préjugés. Inquisiteur zélé qui se targua d'avoir fait brûler d'innombrables codex, il commença à écrire sa *Relación...* en Espagne au cours du procès qui lui fut intenté à la suite des cruels autodafés de Maní (1562) – des milliers de Mayas yucatèques soupçonnés d'idolâtrie avaient péri sous la torture à son instigation –, ce chroniqueur fut en effet incapable de porter un regard impartial ou bienveillant sur les traditions indigènes ; et cette incapacité influa sur la teneur de son compte rendu, qui fournit, certes, de précieuses informations sur l'histoire, les calendriers et les rituels des Mayas yucatèques, mais passe presque totalement sous silence la mythologie maya – à l'exception du mythe du déluge, que Landa évoque brièvement en en citant une version tronquée.

Contrairement aux mythes aztèques – lesquels, comme on l'a vu, furent décrits par nombre d'auteurs espagnols établis au Mexique central dès les premières années de la colonisation –, les mythes mayas sont connus surtout grâce à des sources coloniales d'origine indigène. Les ordres religieux, en effet, mirent très vite au point un système de notation phonétique des langues du Nouveau Monde qui permit de transcrire ces langues en alphabet latin (tous les noms de dieux ou de lieux sacrés cités dans ce livre dérivent de ces graphies coloniales), après quoi ils s'empressèrent d'apprendre à lire et à écrire aux plus jeunes représentants des élites locales pour les transformer en propagandistes consciencieux de la doctrine de l'Église ; mais les Indiens ainsi éduqués ne tardèrent pas à consigner leurs propres traditions à l'aide de cette écriture européenne : ce fut le cas, notamment, des Mayas quichés des Hautes Terres du Guatemala, qui entreprirent de rédiger le *Popol-Vuh* en caractères latins aux alentours de 1555.

Ce *Popol-Vuh*, qui dépasse par sa complexité tous les documents mythologiques centre-mexicains datés du XVIe siècle et s'inspire selon toute vraisemblance d'un ou de plusieurs livres préhispaniques enrichis par la tradition orale, ne nous est plus accessible par son original quiché, qui disparut peu après que le dominicain Fray Francisco Ximénez l'eut copié et traduit en espagnol dans sa paroisse de Chichicastenango, entre 1701 et 1703. Toutes les éditions du *Popol-Vuh* sont donc fondées sur ces matériaux aujourd'hui exposés à la bibliothèque Newberry de Chicago, et voici ce que Ximénez écrit à propos des circonstances de sa découverte :

> Ils conservaient ces manuscrits en des lieux si secrets que même les plus vieux prêtres de la région n'en avaient point entendu parler. Enquêtant sur cette question alors que je séjournais dans la paroisse de Santo Tomás Chichicastenango, je m'aperçus que ce texte sacré enseignait une doctrine qu'ils assimilaient dès le berceau et que tous connaissaient presque par cœur, tout comme je compris aussi que nombreux étaient les livres qu'ils détenaient en cachette.

Le *Popol-Vuh* comprend trois sections nettement délimitées. On y trouve, d'abord, une description de la genèse du monde primordial ; puis une relation des exploits mythiques de deux paires de jumeaux, associée à un récit de la création de l'actuelle humanité à partir du maïs (les mythes mayas évoqués plus loin dans ce livre s'appuieront pour l'essentiel sur ces deux premières parties) ; et, enfin, une histoire des migrations légendaires des Quichés, suivie d'une série de généalogies royales qui se poursuivent jusqu'en 1550. Or on sait, depuis peu, que le thème du périple souterrain effectué par les jumeaux héroïques était déjà attesté plus de six siècles avant la conquête espagnole – si bien que l'on peut affirmer que le *Popol-Vuh* reflète aussi bien les traditions des Quichés postclassiques que la religion maya de l'époque classique.

En plus de ce *Popol-Vuh* quiché issu des Hautes Terres du Guatemala, un autre ensemble majeur de textes mayas à caractère mythologique provient des Basses Terres de la péninsule du Yucatán. Dit génériquement *Livres du Chilam-Balam* (d'après le nom d'un prophète indien qui aurait annoncé l'arrivée des Espagnols) mais formé en fait de plusieurs manuscrits différents, désignés chacun d'après leur ville d'origine (il existe ainsi un *Livre du Chilam-Balam de Chumayel*, un autre *de Tizimín*, etc.), ce corpus ne doit pas être confondu avec les *Chilam-Balam* contemporains qui continuent à être composés, aujourd'hui encore, dans l'État mexicain du Quitana Roo ; car ces manuscrits sont d'authentiques documents coloniaux, rédigés en alphabet latin par des Mayas yucatèques soucieux de mettre à l'abri leurs croyances et traditions.

Bien que datant seulement du XVIIIe siècle, ces *Livres du Chilam-Balam* fourmillent de références à des épisodes historiques ou légendaires qui furent très probablement empruntés à des œuvres coloniales antérieures, elles-mêmes copiées à partir de livres pliés encore plus anciens. Le contenu divinatoire de ces textes aussi bien que leur organisation – les prédictions qu'ils énoncent sont fréquemment rapportées à des cycles temporels qui se télescopent ou se chevauchent, de sorte que l'époque coloniale, l'ère préhispanique ou même les premiers âges du monde tendent à s'emmêler inextricablement dans un même passage – défient souvent l'interprétation, mais les *Chilam-Balam de Chumayel*, *de Tizimín* et *de Maní* n'en concordent pas moins sur des points importants (récit du déluge, puis de la recréation du monde).

Dans l'aire aztèque, également, des livres continuèrent à être produits au tout début de la colonisation : on sait, par exemple, qu'un procès fut intenté en 1539 à un cacique originaire du Culhuacán qui avait commandé une généalogie illustrée à un artiste local afin de prouver la qualité de son lignage (la première page montrait les ancêtres de cet homme sortant d'une grotte sacrée, en compagnie de plusieurs dieux). Or, si le contenu de cette œuvre était essentiellement pictographique, l'alphabet latin fut employé à la même époque par un certain nombre de scribes aztèques qui rédigèrent des textes en nahuatl : l'un des plus célèbres fleurons de cette littérature coloniale centre-mexicaine est la remarquable *Leyenda de los soles*, qui paraît avoir été composée par un auteur indigène éduqué par les franciscains ; écrit en nahuatl classico-archaïque et très probablement copié – comme l'*Historia de los Mexicos por sus pinturas* et le *Popol-Vuh* – à partir d'un ou de plusieurs documents préhispaniques, ce texte associe des matériaux mythologiques (récits de la création du monde, des origines de l'humanité et de la quête du maïs, puis légendes de Quetzalcóatl et de Tollan) à une section finale plus récente, de caractère historique (on ignore si cette section s'achevait ou non par une liste de généalogies coloniales, mais l'exemple du *Popol-Vuh* atteste que ces comptes rendus mythico-historiques étaient couramment utilisés pour valider des droits ancestraux).

Puis nos sources de documentation se tarissent brutalement après le XVIe siècle ; non seulement nombre des manuscrits jusqu'ici mentionnés furent alors oubliés ou mis sous le boisseau, mais il fallut attendre près de cent cinquante ans pour que les croyances et coutumes indigènes et la littérature préhispanique ou coloniale recommencent à susciter l'intérêt des érudits. S'ouvrit alors, à partir du milieu du XVIIIe siècle, une phase particulièrement fertile en (re)découvertes : l'un des pionniers en la matière fut l'Italien Lorenzo Boturini, qui réunit une magnifique collection de codex préhispaniques et de documents du XVIe siècle au cours d'un voyage au Nouveau Monde et se fit confisquer sa bibliothèque en 1744 à la suite d'une expulsion prononcée par les autorités coloniales ; bien que les tribunaux espagnols eussent ensuite disculpé ce même Boturini de toutes les charges qui pesaient contre lui, sa précieuse collection demeura au Mexique, où elle ne tarda pas à être dispersée.

Après que le Mexique et le Guatemala eurent arraché leur indépendance à l'Espagne au début du XIXe siècle, la recherche des manuscrits se poursuivit à un rythme encore plus soutenu. Entre 1830 et 1840, le physicien français J. M. A. Aubin acquit ainsi un grand nombre de documents anciens dont beaucoup provenaient de la collection Boturini ; ces pièces furent finalement expédiées vers Paris, où elles furent achetées par la Bibliothèque nationale. Et un autre Français encore, l'excentrique abbé Charles-Étienne Brasseur de Bourbourg, compta parmi les plus célèbres découvreurs de manuscrits coloniaux ; car ce chercheur inlassable réussit à accéder (sa position ecclésiastique l'y aidant tout autant que ses manières charmantes) à de nombreux manuscrits inédits conservés dans les réserves des musées du Mexique, du

Guatemala ou de l'Espagne. Le rythme des publications et des découvertes de Brasseur de Bourbourg témoigne de l'intense activité qu'il déploya : il publia d'abord en 1857 une édition bilingue (quiché/français) du *Popol-Vuh* qui éclipsa la précédente version espagnole de Carl Scherzer (1857) et donna son titre à toutes les éditions postérieures de cet ouvrage ; puis il eut la chance de découvrir à Séville la *Relación de las cosas de Yucatán* de Diego de Landa, dont il publia également une traduction en 1864 ; et il mit aussi la main en 1866 sur un manuscrit préhispanique dit codex Troano, dont il s'aperçut plus tard qu'il constituait un fragment majeur du codex de Madrid (il s'enorgueillit par ailleurs d'avoir découvert le codex Chimalpopoca, mais ce recueil incluant le manuscrit de la *Leyenda de los soles* avait été copié et traduit par Aubin après avoir été initialement découvert par Boturini).

Malheureusement pour lui, cet infatigable découvreur de manuscrits rares se laissa également emporter par la puissance de son imagination, qui le conduisit à hasarder des interprétations pour le moins aventureuses quant aux allusions voilées à l'Atlantide ou à divers cataclysmes géologiques qui seraient dissimulées dans les textes préhispaniques et coloniaux. Ces thèses insensées, qui furent aussi mal reçues de ses contemporains que des chercheurs postérieurs et qu'il développa notamment à propos du codex Troano, furent commentées en ces termes au XIXe siècle par l'éminent linguiste Daniel Garrison Brinton :

> A mon grand regret, ses vues me semblent totalement insoutenables [...] Elles sont si extravagantes qu'on hésite à les exposer.

Néanmoins, même si la plupart de ses interprétations n'ont pas soutenu l'épreuve du temps, Brasseur de Bourbourg eut néanmoins le mérite d'avoir étudié et édité des documents inestimables provenant de tous les secteurs de la Méso-Amérique ancienne.

Une autre réalisation essentielle pour l'étude de l'ancienne religion méso-américaine fut la publication systématique des manuscrits pliés en accordéon, également entreprise au XIXe siècle. Le promoteur de cette œuvre gigantesque fut Lord Kingsborough (*alias* Edward King), jeune noble irlandais qui finança entre 1831 et 1846 l'édition en fac-similé des prestigieuses *Antiquities of Mexico*, dont les neuf volumes illustrés par l'artiste Agostino Aglio permirent enfin aux chercheurs de disposer de splendides reproductions en couleurs de divers manuscrits (dont les codex Borgia, de Dresde et Vindobonensis) dispersés jusque-là en Angleterre et en Europe continentale. Ruiné par cette œuvre qui lui coûta près de 32 000 livres sterling, ce généreux contributeur fut jeté dans une prison pour dettes, où il périt du typhus à l'âge de quarante-deux ans.

Mais les mythes des Mayas et des Aztèques ne nous sont pas seulement accessibles par les manuscrits préhispaniques et coloniaux, car ces peuples produisirent aussi une statuaire et des céramiques qui éclairent tout autant leurs mythologies respectives que leurs écrits ou leurs peintures. En dépit des saccages commis au début du XVIe siècle par les évangélisateurs espagnols, qui assimilèrent les statues des divinités indigènes à des effigies « sataniques » totalement inconciliables avec la foi chrétienne (en 1531, l'évêque de la Nouvelle-Espagne, Juan de Zumárraga, se vanta d'avoir fait abattre vingt mille de ces « idoles »), maintes sculptures préhispaniques échappèrent à cette violence iconoclaste : survécurent toutes celles qui étaient cachées dans des grottes, perchées au sommet des montagnes, ou même enfouies sous les ruines de Tenochtitlán. Et, après deux siècles de régime colonial, ces œuvres d'art cessèrent d'être tenues pour un obstacle à la conversion, si bien qu'en l'an 1790 le Calendrier de pierre et les effigies de Coatlicue découvertes sous la place centrale de Mexico furent traités avec des égards sans précédent – au lieu d'être détruites, ces pièces conservées aujourd'hui au Museo Nacional de Antropología de la ville de Mexico furent étudiées au contraire avec le plus grand soin par Antonio de León y Gama, qui en publia une analyse détaillée en 1792.

Dans la Méso-Amérique sud-orientale, la conquête espagnole fut postérieure de plusieurs siècles à l'âge d'or de l'architecture et de la statuaire mayas, qui avaient fleuri surtout durant la période classique. Dévorées par la forêt tropicale et situées à l'écart des zones d'occupation espagnole, la plupart des cités érigées au cours de cette période ne furent découvertes qu'à partir de la fin de l'ère coloniale, où l'exploration systématique de ces villes abandonnées commença enfin à prendre de l'ampleur. En 1784, José Antonio Calderón dressa ainsi un premier relevé du site classique de Palenque, qui reçut ensuite la visite d'Antonio del Río, de Guillermo Dupaix et d'autres explorateurs. Mais les premiers à attirer véritablement l'attention sur les antiquités mayas classiques furent John Lloyd Stephens et Frederick Catherwood, qui parcoururent le Yucatán et d'autres régions mayas entre 1839 et 1842 et publièrent deux récits de voyage extrêmement populaires à l'issue de leur périple : les pittoresques descriptions de Stephens et les élégantes illustrations de Catherwood suscitèrent de nombreuses vocations d'explorateurs et de chercheurs.

Durant la seconde moitié du XIXe siècle, l'étude des monuments mayas progressa principalement grâce aux efforts d'Alfred P. Maudslay et de Teobert Maler : les apports de ces deux hommes, en termes de découvertes et d'inventaires, furent si essentiels qu'aujourd'hui encore la lecture de leurs publications est indispensable à quiconque souhaite se documenter sérieusement sur l'écriture et la religion des Mayas. Passionné par les récits de Stephens, l'Anglais Alfred Maudslay se rendit une première fois au Guatemala en 1881, après quoi il visita Copán, Quiriguá, Palenque, Chichén Itzá et d'autres sites mayas au cours des années suivantes (il effectua son dernier voyage en 1894), utilisant conjointement la photographie et la technique du moulage en plâtre pour documenter ses expéditions ; publiés dès 1889 en même temps que les beaux dessins d'Annie Hunter, ses clichés furent regroupés en 1902 dans son œuvre maîtresse, intitulée *Archeology : Biologia Centrali-Americana*. Quant à l'Autrichien Teobert Maler – né à Rome de parents allemands, il avait acquis cette nationalité à Vienne après avoir étudié l'architecture de Karlsruhe –, il débarqua au Mexique en 1865 pour servir dans l'armée du malheureux empereur Maximilien, puis il décida de se fixer dans ce pays une fois rendu à la vie civile ; se consacrant intensivement à l'exploration des ruines mayas à partir des années 1880, il organisa de périlleuses expéditions dans les jungles et les broussailles du Petén et de la vallée de l'Usumacinta, prenant chaque fois d'excellentes photographies des sculptures et monuments qu'il découvrait et illustrant ses notes à l'aide de croquis et de cartes. Mais Maler ne fut guère récompensé de ses souffrances, car il fut soutenu uniquement par le Peabody Museum de l'université de Harvard, qui publia entre 1901 et 1911 une série de monographies signées de son nom où il décrivit plusieurs sites des Basses Terres mayas ; la plus grande partie de son œuvre étant demeurée inédite, ce grand explorateur mourut en 1917, en proie à une terrible amertume et largement ignoré de la nouvelle génération des mayanistes.

Vers la fin du XIXe siècle, grâce à la publication de ces photos ou dessins de vestiges mayas, les chercheurs commencèrent à disposer de suffisamment de matériaux visuels pour que l'étude des codex préhispaniques et des textes coloniaux pût enfin être menée à la lumière des données archéologiques. Ernst Förstemann, conservateur en chef de la Bibliothèque royale de Dresde et éminent déchiffreur de manuscrits méso-américains, révolutionna ainsi la connaissance des calendriers, des mathématiques et de l'écriture mayas en montrant que la date rétrospective de *4 Ahau 8 Cumku* semblait correspondre à un événement mythique fondateur aux yeux des Mayas anciens. Partant de cette observation, Joseph Goodman et d'autres spécialistes établirent ensuite que le système calendarique dit du « Compte long » notait les jours à partir de l'an 3114 avant notre ère, découverte qui permit à son tour de comprendre que la plupart des monuments et sites mayas étaient largement antérieurs à la période postclassique récente, et par conséquent avaient été bâtis plusieurs siècles avant l'arrivée des Espagnols.

Né en 1849 dans le royaume de Prusse, Eduard Georg Seler fut le contemporain de Förstemann. Véritable encyclopédie vivante des sources et cultures indigènes et doté de surcroît d'un coup d'œil très sûr qui lui permettait d'identifier les moindres détails d'une sculpture ou d'un codex au premier regard, Seler compta parmi les plus fins connaisseurs des manuscrits et productions artistiques du Mexique ancien. Réputé avant tout pour ses études des codex centre-mexicains dits du Groupe Borgia, mais ayant également travaillé avec succès sur la religion maya, ce savant eut la chance de rencontrer le richissime Américain Joseph Florimond (connu aussi sous son titre papal de duc de Loubat), qui lui fit attribuer une chaire à l'université de Berlin en 1899 et lui permit de publier des fac-similés très précis de manuscrits peints coloniaux et préhispaniques tout en facilitant considérablement son travail d'interprétation. Grâce à l'appui de ce mécène, Seler put faire paraître des commentaires majeurs sur les codex Aubin Tonalamatl, Fejérváry-Mayer, Vaticanus B et Borgia ; comme il eut en outre le bonheur de voir la plupart de ses articles réédités dans les cinq tomes de ses *Gesammelte Abhandlungen zur Amerikanischen Sprach-und-Altertumskunde*.

Au Mexique, l'étude de la langue et de la civilisation aztèques prit un grand essor sous le régime de Porfirio Díaz (1876-1910) : nombre de somptueux volumes consacrés à l'histoire et à la culture mexicaines – les plus luxueux furent édités par Joaquín García Icazbalceta – datent de ces années-là. Il convient aussi de signaler, pour cette même période, les contributions de Francisco del Paso y Troncoso, talentueux traducteur du nahuatl classique qui se distingua quant à lui en publiant d'importants textes religieux aztèques : on lui doit en particulier la très belle édition (en fac-similé, et accompagnée de commentaires savants) du codex Borbonicus qui parut en 1899. S'intéressant avant tout au vaste corpus du matériel sahagúnien, et espérant découvrir des manuscrits aztèques du XVIe siècle sur le continent européen, ce même Paso y Troncoso s'expatria de son Mexique natal pendant de très longues années (entre 1892 et 1916) afin d'aller travailler dans les bibliothèques de Madrid et de Florence ; hélas, des raisons diverses – la Révolution mexicaine de 1910, la Première Guerre mondiale, mais aussi son attachement compulsif aux notes trop détaillées – l'empêchèrent de publier tous les fruits de ces interminables recherches.

D'autres chercheurs encore ajoutèrent leur pierre à cet édifice durant la première moitié du XXe siècle. L'étude de la religion aztèque continua d'abord à progresser grâce aux travaux des Allemands Walter Lehmann et Walter Krickeberg, qui avaient été formés par Seler, et Hermann Beyer, qui fut lui aussi fortement influencé par l'approche et les découvertes sélériennes bien que n'ayant pas compté parmi ses élèves ; puis le Mexicain Alfonso Caso, ancien étudiant de Beyer, renouvela à son tour l'archéologie méso-américaine en devenant l'un des meilleurs spécialistes de l'écriture, des calendriers et de la religion des Hauts Plateaux mexicains.

Des recherches archéologiques furent entreprises dès la fin du porfiriat dans plusieurs régions du Mexique. A ces fouilles s'attache surtout le nom de Manuel Gamio, ancien élève du célèbre anthropologue américain Franz Boas ; dirigeant sa première campagne d'excavations mexicaines en 1909, Gamio publia en 1922 une étude massive consacrée « au site et aux occupants actuels de Teotihuacán » où il décrivit « le dégagement du temple de Quetzalcóatl ». A cette date, en effet, les liens existant entre les Aztèques, les Toltèques et Teotihuacán étaient encore mal compris, et cette cité était confondue à tort avec la prestigieuse Tollan des légendes aztèques. Mais l'ethnohistorien Wigberto Jiménez Moreno mit fin à cette confusion dès 1941 en démontrant que la capitale toltèque de Tollan et Tula constituaient une seule et même ville ; cette découverte permit enfin de comprendre la chronologie véritable des cultures centre-américaines de Teotihuacán, de Tula, puis des Aztèques.

En 1978, un monolithe sculpté représentant la mise à mort de Coyolxauhqui fut exhumé par hasard à l'occasion de travaux de voirie exécutés dans la ville de Mexico. Cette découverte accidentelle déboucha sur une trouvaille encore plus exceptionnelle, car cette sculpture monumentale se dressait au pied même du plus sacré de tous les édifices religieux aztèques, le grand Templo Mayor de Tenochtitlán, dont les fondations furent ensuite dégagées entre 1978 et 1982 par l'archéologue Eduardo Matos Moctezuma. Or ce monolithe et les riches offrandes déterrées au cours de ces fouilles corroborèrent tout à fait les descriptions coloniales – on put alors constater que le Templo Mayor, comme les chroniqueurs espagnols et les scribes indigènes l'avaient indiqué, consistait bien en une pyramide surmontée par deux sanctuaires jumelés : l'un, situé au nord et consacré à Tlaloc, dieu de la pluie et de la foudre, symbolisait la montagne d'où cette divinité était censée faire ruisseler ses eaux bienfaisantes sur les mortels, tandis que l'autre, bâti au sud et dédié à Uitzilopochtli, dieu tutélaire des Aztèques, représentait le mont Coatepec, où ce même Uitzilopochtli passait pour avoir exterminé Coyolxauhqui et ses quatre cents frères aussitôt après sa naissance. Aucune des autres recherches archéologiques engagées en Méso-Amérique ne confirma si éloquemment des données mythologiques : cette campagne de fouilles réalisée sur le site du Templo Mayor de Tenochtitlán fut aussi importante pour notre connaissance des mythes aztèques que pour celle de la culture matérielle de ce peuple.

Pendant la première moitié du XXe siècle, l'Institut

Carnegie de Washington apporta un soutien essentiel à l'archéologie maya : les sites de Kaminaljuyú, Uaxactún, Chichén Itzá, etc., furent fouillés à cette époque grâce au financement de cette fondation. L'un des plus éminents archéologues recrutés par l'Institut Carnegie fut Sir J. Eric S. Thompson, qui domina tout le champ de la paléographie et des études religieuses mayas pendant plusieurs décennies ; comme Seler, Thompson établit des parallèles fructueux entre les inscriptions et les œuvres d'art des Mayas anciens et leurs équivalents centre-mexicains, mais il souligna en outre l'importance des enquêtes ethnographiques conduites auprès des Mayas d'aujourd'hui pour l'étude de la religion maya préhispanique.

Les tentatives de déchiffrement de Thompson et de ses contemporains restèrent lourdement tributaires des intuitions épigraphiques d'Ernst Förstemann, qui inclinait à penser que les inscriptions hiéroglyphiques mayas se rapportaient avant tout aux cycles calendariques ou à l'observation astronomique et ne servaient guère à enregistrer des épisodes historiques ou mythologiques. Cette hypothèse fut abandonnée au début des années soixante sous l'impulsion des épigraphistes Heinrich Berlin et Tatiana Proskouriakoff, qui réussirent à prouver que les glyphes des Mayas classiques n'eurent pas seulement une fonction calendarique, mais furent aussi utilisés pour consigner de grands événements historiques (naissances, accès au trône ou mariages de souverains, guerres, etc.) plus ou moins associés à des épisodes divins.

Une autre hypothèse tout aussi décisive pour l'étude des glyphes mayas fut avancée à la même époque : l'épigraphiste russe Yuri Knorozov soutint dès les années cinquante, contre l'avis de Thompson, que l'écriture maya était probablement de type phonétique et syllabique. Or le caractère fortement phonétique de cette écriture est aujourd'hui reconnu par la majorité des chercheurs – de sorte que le décryptage des glyphes mayas progresse lentement mais sûrement. Au fil des années, de plus en plus nombreux sont les noms de dieux, les événements mythiques et les autres aspects de la religion maya sur lesquels des voiles sont levés.

Enfin, on s'est aperçu depuis peu que, si les Mayas classiques ont érigé des monuments où sont figurés des scènes mythologiques et divines, ils ont également consigné leurs mythes sur un autre support dont l'importance fut trop longtemps ignorée : je veux parler de toutes ces céramiques magnifiquement peintes ou ciselées qu'ils produisaient parallèlement à cet art monumental. Découverts d'abord en petit nombre dans des tombes royales fouillées par des archéologues patentés, ces vases et poteries se multiplièrent à partir des années soixante, où les pilleurs de sépultures commencèrent à les lancer à foison sur le marché de l'art ; et, si destructeurs qu'aient été ces pillages, les spécialistes comprirent alors qu'ils avaient négligé jusque-là un corpus majeur de scènes narratives qui constituaient une très riche source de documentation mythologique. Étudiant ces céramiques en 1973, l'archéologue Michael Coe y repéra de multiples scènes qui semblaient se rapporter au thème du périple souterrain des deux paires de jumeaux dont parlerait plus tard le *Popol-Vuh* quiché ; or cette théorie, même si elle a dû depuis être remaniée sur des points de détail, est aujourd'hui largement admise : il est clair, désormais, que les récits de création et la section épique du *Popol-Vuh* étaient déjà connus des Mayas classiques, et que maints épisodes de cette œuvre apparaissent sur leurs vases.

On peut donc dire, en guise de conclusion, que l'on dispose d'une excellente documentation sur les mythes et rituels aztèques : décrits initialement par Sahagún et par d'autres chroniqueurs du XVIe siècle, et souvent attestés par des sources multiples qui permettent d'utiles recoupements, les matériaux mythologiques centre-mexicains ont été ensuite étudiés, à partir du siècle dernier et jusqu'à notre époque, par plusieurs générations de spécialistes chevronnés qui nous ont légué d'inestimables observations. En revanche, l'étude de la mythologie maya est moins avancée : d'une part, parce que, le *Popol-Vuh* excepté, rares sont les textes mayas à contenu mythico-religieux qui remontent à la conquête espagnole ; d'autre part, parce que le déchiffrement des glyphes et des images mayas est encore loin d'être achevé en dépit des progrès récents qui ont été accomplis en ce domaine. Mais, même à ce stade de la recherche, les inscriptions et productions artistiques des Mayas préhispaniques peuvent nous apprendre beaucoup sur les croyances de ce peuple en nous donnant accès à des mythes qui ne sont pas recensés dans les documents coloniaux. La subtile écriture et l'iconographie hautement élaborée des Mayas classiques nous offrent une splendide occasion de pénétrer dans l'univers religieux de ces anciens Méso-Américains.

Mythologie aztèque

En 1524, soit trois ans à peine après la prise de Mexico, des lettrés aztèques s'entretinrent avec les premiers missionnaires franciscains qui venaient d'arriver dans la capitale de la Nouvelle-Espagne, et voici comment ils défendirent leurs croyances devant ces religieux européens :

> Vous avez dit que nous ne connaissions pas le Seigneur de ce qui est Près et Contigu, Celui à qui les cieux et la terre appartiennent ; comme vous avez dit que nos dieux ne sont pas de vrais dieux. Vous prononcez là des paroles nouvelles, qui nous troublent et nous inquiètent. Car nos ancêtres, qui vivaient avant nous sur cette Terre, n'étaient pas accoutumés à parler ainsi. C'est d'eux que nous avons hérité notre mode de vie, qu'ils tenaient pour véridique ; ils rendaient hommage à nos dieux et les honoraient.

Ce remarquable dialogue consigné par Fray Bernardino de Sahagún fut le premier pont jeté entre deux univers religieux qui pouvaient chacun se prévaloir de sa propre légitimité séculaire.

Pour les Aztèques, la création résultait de l'opposition et du conflit de forces complémentaires : de la même façon que le dialogue est indispensable aux êtres humains, les interactions et les échanges des contraires constituaient à leurs yeux l'essence même de l'acte créateur. Or le concept de cette opposition interdépendante était incarné avant tout par le grand dieu Ometeotl, Seigneur de la Dualité qui siégeait dans le treizième ciel d'Omeyocan, Lieu de la Dualité. A la fois masculine et féminine, et parfois assimilée au couple de Tonacatecuhtli et de Tonacacihuatl, Seigneur et Dame de nos Nourritures, cette divinité originelle était la source ultime de toutes choses : ayant engendré les dieux plus jeunes et néanmoins puissants qui avaient façonné le monde, elle jouait le rôle d'une sorte de grand-parent lointain par rapport aux êtres humains. Pour cette raison peut-être, et certainement aussi pour affirmer son antériorité primordiale, ce même Ometeotl était souvent figuré sous l'aspect d'un vieillard ou d'une vieille femme à la mâchoire tombante, mais son grand âge n'en était pas tenu pour autant pour un signe d'infirmité ou de sénescence. Car les Aztèques, comme les autres populations méso-américaines, n'associaient pas la vieillesse au déclin : ils estimaient, au contraire, que les forces vitales s'accroissaient à mesure que l'existence s'écoulait.

Deux enfants d'Ometeotl, Quetzalcóatl et Tezcatlipoca, jouent un rôle prépondérant dans la mythologie aztèque : ces dieux parfois alliés et d'autres fois ennemis sont les créateurs du Ciel et de la Terre. Largement associé à l'eau, à la fertilité et, par extension, à la vie elle-même, Quetzalcóatl, le Serpent à Plumes, était connu aussi sous son aspect d'Ehecatl, dieu du vent qui se manifestait à travers le souffle des êtres vivants ou déclenchait les brises qui poussaient les nuages gorgés d'une eau vivifiante ; c'était donc à tous égards une figure divine ou un héros culturel bienveillant qui symbolisait l'équilibre, l'harmonie et la fécondité. Alors que Tezcatlipoca représentait à l'inverse le conflit et le changement. Qualifiée souvent d'« adversaire » ou désignée comme « Celui dont nous sommes esclaves », cette divinité redoutable dont le nom signifiait littéralement « Miroir Fumant » était généralement pourvue de deux sombres miroirs d'obsidienne – l'un remplaçait un de ses pieds tandis que l'autre était fixé derrière sa tête – qui émettaient tous deux des fumerolles, détail qui pouvait aussi bien renvoyer à la noirceur fuligineuse du verre d'obsidienne qu'évoquer la nature insaisissable de ce dieu mystérieux.

Le panthéon aztèque comptait en outre une multitude d'autres dieux et déesses qui étaient attachés à l'agriculture et à la pluie, au feu, à l'amour et au plaisir, à la mort, à la guerre, aux corps célestes, etc. Adorées pour la plupart pendant toute la période postclassique récente, ces autres divinités centre-mexicaines sont autant attestées par la statuaire que par les manuscrits aztèques, leurs traits apparaissant par exemple dans les cinq codex préhispaniques du Groupe Borgia. Presque omniprésent, Tlaloc, dieu de la pluie et des éclairs, remonte au Ier siècle de notre ère ; durant la période postclassique récente, il est représenté avec de grands yeux ronds et une lèvre supérieure proéminente qui découvre ses longs crocs de jaguar. Son épouse Chalchiuhtlicue, dite « Celle qui porte une Jupe de Jade », était la déesse des rivières et de l'eau stagnante. Le jeune dieu du maïs Cinteotl se reconnaît quant à lui à la ligne brisée qui court sur son visage et aux épis de maïs qui ornent sa coiffe. Présidait également à la fertilité l'étonnant Xipe Totec, dieu du printemps et patron des orfèvres, aisément identifiable par son masque et son habit de peau humaine ; on sait qu'une cérémonie sanglante lui était consacrée pendant les vingt jours du mois solaire dit de *Tlacaxipehualiztli*, où les prêtres aztèques lui sacrifiaient des victimes dont ils revêtaient les peaux écorchées – bien que la signification profonde de ce rituel reste obscure, on peut supposer que cet habit de peau symbolisait le manteau de verdure qui drape la Terre lors des floraisons printanières.

Parmi la pléiade de divinités centre-mexicaines associées au feu figuraient Huehueteotl, le « Vieux Dieu » dont les traits sont reproduits dès 500 ap. J.-C. sur des brûleurs d'encens découverts dans la vallée de Puebla, ainsi que l'important Xiuhtecuhtli, « Seigneur de Turquoise », dieu du temps et protecteur des gouvernants.

D'autres divinités encore présidaient au plaisir, à la sexualité et à la mort. Xochipilli, dit « Prince des Fleurs », partageait de nombreux attributs avec le dieu du maïs tout en protégeant les artistes et les voluptueux ; il était étroitement apparenté à Macuilxochitl (« Cinq-Fleur »), dieu des distractions et des jeux de hasard. La charmante Xochiquetzal (« Fleur-Quetzal ») était quant à elle une sorte de Vénus aztèque : souvent coiffée d'une couronne de fleurs au-dessus de laquelle les plumes vert émeraude d'un oiseau quetzal pointaient comme deux cornes, c'était la déesse des arts, de la sensualité et de l'amour physique. Dans un registre moins riant mais tout aussi charnel, Tlazolteotl (« Déesse de l'Immondice ») passait pour inciter à la luxure tout en étant associée à la purification sous sa forme de Tlaelquani (« Mangeuse d'Excréments ») : ce nom ainsi que la tache sombre qui entoure sa bouche chaque fois qu'elle est figurée sous cet aspect renvoyaient sans doute à la pénible mais indispensable confession purificatrice que nécessitait la débauche. Tandis que le dieu de la mort était Mictlantecuhtli, Seigneur de l'obscur et lugubre monde souterrain de Mictlan et époux de Mictlancihuatl : il est représenté sous la forme d'un squelette coiffé d'un bonnet conique plissé et affublé d'atours en papier.

Très nombreuses en outre étaient les divinités aztèques qui incarnaient le Soleil, la planète Vénus, les étoiles, la Voie lactée et les autres corps astraux. Peut-être parce que les modifications du ciel nocturne étaient imputées à des batailles cosmiques, beaucoup de dieux célestes étaient associés à la guerre : le plus féroce, Tlahuizcalpantecuhtli, le Seigneur de l'Aube, était identifié à l'apparition matinale de Vénus – moment d'autant plus redouté dans toute la Méso-Amérique ancienne que la lumière de l'étoile du matin était censée infliger de cruelles blessures aux mortels. Plusieurs codex du Groupe Borgia se font l'écho de cette peur en contenant des tables astronomiques qui prédisent les cycles vénusiens pendant 65 révolutions synodiques (soit 104 ans) : Tlahuizcalpantecuhtli y apparaît sous les traits caractéristiques d'un lanceur de javelot qui décoche des rais ardents sur le monde. A cette catégorie des divinités stellaires appartenait aussi Mixcoatl, le « Serpent Nuage » : les bandes rouges et blanches qui ornent son corps symbolisaient le glorieux festin des guerriers morts au combat ou des captifs immolés sur la pierre sacrificielle, dont l'âme était censée rejoindre les étoiles de la Voie lactée après leur trépas. Et le Soleil, enfin, était adoré sous la forme de Tonatiuh : présent dans l'art toltèque dès la période postclassique ancienne, ce personnage divin est généralement figuré sous l'aspect d'un guerrier armé, inscrit à l'intérieur d'un disque solaire strié ; mais, malgré l'importance centrale de la « guerre sacrée » – laquelle visait à faire des prisonniers dont les cœurs arrachés régénéreraient l'énergie du Soleil –, Tonatiuh ne fut pas le seul dieu aztèque dont les attributs furent à la fois héliaques et martiaux.

La création du ciel et de la Terre

Comme les Mayas et les autres anciennes populations méso-américaines, les Aztèques tenaient pour certain que plusieurs univers avaient existé avant le nôtre. Selon leurs mythes, quatre mondes, ou « Soleils », avaient précédé notre monde actuel, chacun de ces âges antérieurs ayant donné lieu à la création d'une humanité associée à une divinité particulière et étant désigné soit par une date empruntée au calendrier de 260 jours, soit par un élément distinct (terre, vent, feu ou eau) qui symbolisait autant la nature et les particularités du monde concerné que les modalités de sa destruction ; le Soleil dit *Nahui*

Ocelotl (4 Jaguar) ou Soleil de Terre, par exemple, passait pour avoir été anéanti par les jaguars, créatures étroitement liées aux forces telluriques et chthoniennes.

Attestés aussi bien par d'anciennes sculptures aztèques que par des manuscrits rédigés peu après la conquête espagnole, les mythes afférents à la succession de ces quatre Soleils attribuent une place prééminente à Tezcatlipoca et à Quetzalcóatl, un peu comme si ces multiples créations et destructions résultaient d'une bataille cosmique entre ces deux grands adversaires ; c'est une idée qui se retrouve partout, en dépit des variantes que l'on constate dans l'ordre de succession de ces quatre âges. Nous nous référerons ici aux récits de l'*Historia de los Mexicanos por sus pinturas* et de la *Leyenda de los soles*, car ces deux textes – parmi la dizaine de versions différentes de ces épisodes de création qui apparaissent dans les sources coloniales – énumèrent ces âges successifs dans le même ordre que les bas-reliefs des monuments aztèques.

Selon ces deux documents, le couple primordial qui siège au treizième ciel (Tonacatecuhtli-Tonacacihuatl) engendre quatre fils divins qui créent ensuite le feu, les cieux, la Terre, les mondes souterrains, le premier couple humain et le calendrier solaire. Naissent ainsi, tour à tour, Tezcatlipoca le Rouge, Tezcatlipoca le Noir (qui correspond au Tezcatlipoca du panthéon aztèque), Quetzalcóatl et Uitzilopochtli (le dieu-guide des *Mexica*). Le premier monde, dit Soleil de Terre et régi par Tezcatlipoca le Noir, est peuplé de géants si robustes qu'ils sont capables de déraciner des arbres à la seule force de leurs bras ; mais Quetzalcóatl, armé d'un bâton, précipite Tezcatlipoca dans la mer puis ressort de l'océan transformé en un gigantesque jaguar stellaire (la constellation de la Grande Ourse) qui extermine la race des géants – un texte ancien semblerait indiquer que les Aztèques avaient découvert près de Tenochtitlán de gigantesques os de mammouth et d'autres fossiles qu'ils prenaient pour les restes des membres de cette humanité disparue.

La création suivante, dite Soleil de Vent et dominée par Quetzalcóatl, est anéantie par Tezcatlipoca, qui abat son rival d'un coup de pied et fait souffler une terrible tempête à l'issue de laquelle tous les habitants de ce deuxième monde sont transformés en singes. On lit à ce propos dans la *Leyenda de los soles* :

> Ce Soleil s'appelle 4 Vent.
> Ceux qui vécurent sous ce deuxième Soleil furent emportés par le vent. Tous disparurent au temps du Soleil 4 Vent.
> Ils furent emportés par le vent et métamorphosés en singes.
> Leurs maisons, leurs arbres, tout fut balayé par des vents.
> Et ce Soleil-là finit par être emporté également par le souffle du vent.

Le troisième monde, baptisé Soleil de Pluie et régenté par Tlaloc, est détruit par Quetzalcóatl, qui le consume sous une pluie de feu magique (allusion possible aux fréquentes eruptions volcaniques qui ravagèrent le Mexique central) et transforme ses habitants en dindons. Puis vient le monde du Soleil d'Eau, qui est placé sous le signe de l'épouse de Tlaloc, Chialchiuhtlicue (« Celle qui porte une Jupe de Jade »), déesse des fleuves et des eaux stagnantes ; mais ce quatrième univers est détruit lui aussi à la suite d'un déluge massif qui rase les montagnes, jette les cieux sur la terre et change tous les êtres humains en poissons.

La *Leyenda de los soles* précise qu'un homme et une femme, Tata et Nene, sont sauvés par Tezcatlipoca : tels Noé et sa famille, ce couple échappe au déluge en s'abritant dans un arbre creux. Mais Tata et Nene désobéissent au dieu, qui leur a prescrit de ne rien manger d'autre que les grains de deux épis de maïs : sortant de leur refuge lorsque les eaux se font plus calmes et repérant un poisson qui leur semble particulièrement appétissant (c'est, en fait, un membre de leur parentèle, métamorphosé lors du cataclysme qui a mis fin à ce quatrième monde), les deux rescapés pêchent ce poisson et allument un feu avec un percuteur sec afin de le faire cuire. Or la fumée qui s'élève de ce foyer est aperçue par les dieux stellaires Citlallinicue et Citlallatonac, dont les clameurs (« Ô Dieux, qui a fait ce feu ? Qui a osé enfumer les cieux ? ») déclenchent la colère vengeresse de Tezcatlipoca ; alerté par ces cris, il descend du ciel en s'exclamant : « Qu'as-tu fait, Tata ? Qu'avez-vous fait tous les deux ? », puis il décapite les deux coupables et place leur têtes tranchées sur leurs postérieurs – ainsi sont créés les deux premiers chiens.

La recréation du ciel et de la Terre

S'ils ont concouru à détruire les quatre premiers Soleils du fait de leur antagonisme, Tezcatlipoca et Quetzalcóatl sont crédités aussi d'une alliance qui leur permet de recréer les cieux et la Terre après leur anéantissement. L'*Historia de los Mexicanos por sus pinturas* précise en effet que les quatre rejetons divins du couple primordial, assistés par quatre autres divinités, auraient tracé ensemble quatre routes conduisant au centre du disque terrestre, ensuite de quoi ces huit dieux, ayant ainsi divisé le monde en quatre quadrants, auraient entrepris de hisser la voûte céleste au-dessus de cet espace horizontal : afin de soutenir cette voûte, Tezcatlipoca et Quetzalcóatl se seraient transformés en deux énormes arbres constitués pour l'un de miroirs fumants, pour l'autre d'un assemblage de plumes vert émeraude arrachées à un oiseau quetzal. C'est pourquoi, lit-on aussi dans ce texte, Tonacatecuhtli les récompensa en leur conférant le titre de « Seigneurs des Cieux et des Étoiles » : de là l'origine de la Voie lactée, dont la traînée lumineuse marquait le chemin que ces deux divinités empruntaient chaque nuit lorsqu'elles traversaient le ciel étoilé.

Dans un autre mythe de création aztèque, Quetzalcóatl et Tezcatlipoca façonnent les strates célestes et terrestres en démembrant le corps gigantesque de Tlaltecuhtli : bien que signifiant littéralement « Seigneur de la Terre », ce nom désigne en réalité une créature monstrueuse qui est décrite tantôt comme une épouvantable Terre-Mère androgyne, tantôt (c'est le cas le plus fréquent) comme une féroce déesse crocodilienne dont les crêtes dorsales sont des chaînes de montagnes ; ce motif mythologique était commun à plusieurs peuples méso-américains, une version du mythe de Tlaltecuhtli étant attestée par exemple chez les Mayas du Yucatán.

Selon un récit aztèque consigné dans l'*Histoyre du Méchique*, Quetzalcóatl et Tezcatlipoca descendent un jour du ciel pour observer Tlaltecuhtli, qu'ils surprennent en train de sillonner les mers en quête de chair fraîche : l'avidité de la déesse est si insatiable que les crocs de ses coudes, de ses genoux et de ses autres articulations émettent de sinistres grincements alors que sa gueule béante s'agite furieusement. Et les deux dieux, horrifiés par ce spectacle, conviennent que la création ne saurait être tenue pour achevée tant que cette horrible bête rôderait librement de par le monde : se transformant eux-mêmes en deux énormes serpents dont l'un s'enroule autour de la main gauche et du pied droit de Tlaltecuhtli pendant que l'autre tire sur sa main droite et sur son pied gauche, ils écartèlent donc la déesse monstrueuse ; après quoi, ils créent le disque terrestre avec la partie supérieure de son corps et dispersent l'autre moitié dans le firmament pour fabriquer les différents cieux.

Irrités par ce démembrement sanglant, et souhaitant réconforter le caïman mutilé, les autres dieux décrètent que toutes les plantes nécessaires à l'humanité naîtraient du corps morcelé de Tlaltecuhtli : si bien que ses cheveux sont transformés en arbres, en fleurs et en herbes, sa peau en prairies et en fleurs plus petites, ses yeux en pluie, en sources et en cavernes, sa bouche en rivières et en grottes, son nez en monts et en vallées. Mais les hurlements de la déesse affamée continueraient à déchirer la nuit bien après cette métamorphose : seul le sang des victimes immolées sur la pierre sacrificielle l'apaiserait assez pour qu'elle consente à dispenser ses fruits nourriciers aux humains.

Les origines des hommes

Après avoir refaçonné le monde, les dieux décident de repeupler la Terre en créant une nouvelle race humaine. Maints documents coloniaux décrivant la création de l'humanité actuelle, nous reprendrons les versions de la *Leyenda de los soles* et de l'*Histoyre du Méchique* : ici comme là, cette cinquième humanité doit son existence au dieu du vent Quetzalcóatl, qui se rend dans les dangereuses profondeurs du Mictlan – demeure des morts où règnent le perfide dieu-squelette Mictlantecuhtli et son épouse Mictlancihuatl – afin de récupérer les ossements des êtres humains qui avaient peuplé le quatrième monde avant que le déluge ne les transforme en poissons. Voici en quels termes Quetzalcóatl, sitôt parvenu dans le Mictlan, s'adresse au Seigneur et à la Dame de la Mort :

> Puis Quetzalcóatl partit pour le Mictlan ; s'approchant de Mictlantecuhtli et de Mictlancihuatl, il leur dit sans ambages :
> « Je viens chercher les os précieux qui sont en votre possession, je suis venu vous les prendre. »
> Et Mictlantecuhtli lui demanda : « Qu'en feras-tu, Quetzalcóatl ? »

Et, une fois de plus, Quetzalcóatl dit : « Les dieux tiennent à ce que la Terre soit repeuplée. »

Le rusé dieu de la mort déclare alors à Quetzalcóatl qu'il pourra emporter ces os s'il réussit à parcourir quatre fois son royaume souterrain tout en faisant résonner une trompe constituée par une conque marine – tâche qu'il croit irréalisable, la conque en question n'ayant pas de trous. Mais Quetzalcóatl déjoue ce stratagème : il demande à des vers de creuser des orifices par lesquels entrent ensuite des abeilles qui font vrombir la trompe (dans certains codex, la poitrine de Quetzalcóatl est ornée d'un « Joyau du Vent » en forme de conque qui symbolise sa victoire sur les forces de la mort).

En entendant le son de la conque, Mictlantecuhtli autorise d'abord Quetzalcóatl à prendre les ossements, puis il revient sur sa décision ; mais le rusé dieu du vent réussit malgré tout à s'enfuir avec les os. Furieux de voir Quetzalcóatl s'échapper, Mictlantecuhtli ordonne alors à ses serviteurs de creuser une fosse profonde sur le chemin emprunté par le dieu :

Cette fosse fut creusée, et Quetzalcóatl tomba dedans. Effrayé par une caille, il trébucha puis s'effondra, mort, et les os précieux furent picorés et rongés par cette caille.

Revenant plus tard à la vie, Quetzalcóatl se lamente un moment en constatant que les os ont été brisés en une multitude de morceaux de tailles différentes (c'est pourquoi, est-il précisé, la stature des membres de la cinquième humanité sera si variable), puis il décide de transporter son précieux fardeau jusqu'à Tamoanchan – mythique lieu d'origine où toutes sortes de miracles s'accomplissent – pour le remettre à l'antique déesse Cihuacoatl (la « Femme Serpent »). Sitôt qu'elle reçoit les os, la déesse entreprend de les moudre en une fine farine qu'elle verse dans un vase à l'intérieur duquel les dieux rassemblés répandent quelques gouttes de leur sang – c'est ainsi, grâce à la pénitence de ces divinités qui acceptèrent de mêler leur sang aux restes desséchés des hommes-poissons, que naquit l'actuelle race humaine.

L'origine du maïs

Mais à quoi eût-il servi de repeupler la Terre si la subsistance de la nouvelle humanité n'avait pas été assurée ? A cette question se rattachent tous les mythes qui traitent de l'origine du maïs et des autres plantes cultivables, et c'est encore une fois dans la *Leyenda de los soles* que ce thème est le plus longuement développé – aujourd'hui encore, nombreuses sont les légendes mexicaines ou guatémaltèques qui recoupent les formulations de ce texte colonial.

Sitôt après avoir créé l'actuelle humanité à Tamoanchan, les dieux se mettent en quête d'une nourriture qui convienne aux êtres humains. Apercevant une fourmi rouge chargée d'un grain de maïs, Quetzalcóatl demande à l'insecte où il a trouvé ce précieux aliment ; au début, la fourmi refuse de répondre mais, lasse d'être brutalisée par le dieu, elle accepte finalement de le conduire au mont Tonacatepetl, source de cette nourriture. Une fois parvenu devant cette montagne, Quetzalcóatl, toujours guidé par la fourmi rouge, prend la forme d'une fourmi noire pour se faufiler dans une faille minuscule qui serpente à travers les rochers ; il atteint ainsi une salle souterraine où sont entreposées toutes sortes de semences parmi lesquelles il ramasse quelques grains de maïs ; puis il s'en retourne à Tamoanchan, où les dieux broient ce maïs avec leurs dents pour le transformer en une bouillie assimilable par les nourrissons humains.

Les dieux se demandent ensuite : « Comment pénétrer à l'intérieur du Tonacatepetl ? » Quetzalcóatl tente de déplacer la montagne avec une corde, mais il échoue. Alors interviennent le vieux devin Oxomoco et son épouse Cipactonal, qui annoncent que les graines du

Tonacatepetl ne pourront être arrachées à leur prison de pierre que si le dieu infirme Nanahuatzin et les *Tlaloque* bleu, blanc, jaune et rouge unissent leurs efforts : que le dieu bossu commence par fendre en deux le Tonacatepetl, prophétisent-ils, et les divinités qui président aux pluies et aux éclairs se chargeront ensuite de répandre les semences qu'il contient dans toutes les directions. Cette prédiction fut immédiatement accomplie, et les *Tlaloque*, qui avaient promptement dispersé le maïs blanc, noir, jaune ou rouge ainsi que les haricots et d'autres plantes comestibles, furent loués depuis ce jour pour les récoltes et moissons abondantes qu'ils avaient procurées aux humains.

L'origine du *pulque*

Le *pulque* était une boisson fermentée à base de suc d'agave qui servait à toutes sortes d'usages sacrés ou profanes : offert solennellement aux dieux lors de sacrifices humains et partagé rituellement à l'occasion des cérémonies religieuses, ce breuvage était consommé au cours des banquets et des fêtes familiales (où en général l'ivresse n'était pas tolérée : l'ivrognerie publique des nobles, notamment, était sévèrement punie). Or les origines mythiques du *pulque* sont décrites dans un passage de l'*Histoyre du Méchique* où il est question des horribles *tzitzimime* (sing. *tzitzimitl*). Les Aztèques, comme on l'a vu, désignaient par ce nom des démons terrifiants qui menaçaient en permanence de détruire le monde ; le plus souvent dépeints comme étant de sexe féminin et parfois identifiés aux étoiles elles-mêmes, ces monstres astraux étaient censés s'opposer au Soleil chaque fois que les ténèbres et la lumière se combattaient dans le ciel à l'aube et au crépuscule.

Les dieux, après avoir pourvu à la subsistance matérielle des êtres humains en leur fournissant des graines, se demandent comment leur procurer de la joie et du plaisir. Et Quetzalcóatl, comprenant que les hommes ne danseront et ne chanteront que s'ils disposent d'une boisson alcoolisée, se souvient tout à coup de l'existence de Mayahuel, jeune et charmante déesse de l'agave qui vit dans le ciel nocturne aux côtés de son effroyable grand-mère *tzitzimitl*. Bondissant vers les étoiles, le dieu découvre la vierge endormie et réussit à la persuader de descendre avec lui sur la Terre, où ils s'unissent pour former ensemble un grand arbre à deux branches.

S'éveillant à son tour et constatant l'absence de Mayahuel, la grand-mère furieuse demande aux autres *tzitzimime* de retrouver sa petite-fille disparue, et les démons fondent alors sur l'arbre fourchu, qui se fend en deux puis s'effondre à l'instant même de leur arrivée. Reconnaissant sa petite-fille dans la branche abattue, la grand-mère la déchiquette sauvagement et fait dévorer ses restes par les *tzitzimime*, sans toucher à l'autre branche. Mais Quetzalcóatl, dont la branche est demeurée intacte, reprend sa forme originelle aussitôt après que les démons ont regagné le ciel : rassemblant avec tristesse les os rongés de Mayahuel, le dieu les ensevelit sommairement, et au-dessus de cette tombe toute simple poussent ensuite les premières feuilles d'agave, source miraculeuse du *pulque*.

La création du cinquième Soleil

La création du cinquième Soleil, dit *Nahui Ollin*, couronne et parachève les mythes cosmologiques aztèques. Selon les anciens Mexicains, notre Soleil actuel avait été créé à Teotihuacán, légendaire « demeure des dieux » dont les ruines s'élèvent aujourd'hui encore à quelque quarante kilomètres de la moderne Mexico. Le compte rendu qui suit est emprunté à la fois au codex de Florence et à la *Leyenda de los soles*, qui constituent nos deux principales sources de renseignements en ce qui concerne ce mythe.

Après avoir façonné et peuplé la Terre et s'être assurés

que les êtres humains ne souffriraient jamais ni de la faim ni de la soif, les dieux, réunis sous le ciel noir de Teotihuacán, décident qu'un nouveau Soleil doit éclairer le monde :

> Quand tout était dans les ténèbres, aucun soleil n'ayant encore illuminé le ciel et aucune aurore ne s'étant levée sur le monde, les dieux, dit-on, s'assemblèrent à Teotihuacán pour y tenir conseil. Ils se parlèrent, se lançant les uns aux autres :
> « Approchez, ô dieux ! Qui portera ce fardeau ? Qui acceptera de devenir le Soleil ? Qui se chargera d'éclairer la Terre ? »

Un dieu hautain nommé Tecuciztecatl se porte volontaire, mais les autres divinités, tout en retenant sa candidature, désignent aussi pour cette même tâche l'humble et pustuleux dieu Nanahuatzin (celui-là même qui avait permis aux *Tlaloque* de s'emparer du maïs en fracassant le mont Tonacatepetl) qui se plie stoïquement à cet ordre en déclarant le recevoir comme une grâce et un devoir.

Tecuciztecatl et Nanahuatzin devant jeûner et veiller pendant plusieurs jours avant de se présenter devant le bûcher sacrificiel, deux collines (selon les Aztèques, telle était l'origine des pyramides du Soleil et de la Lune qui dominaient Teotihuacán) sont créées sur-le-champ afin que les deux élus divins y fassent pénitence tout en présentant des offrandes.

Autant les offrandes de Tecuciztecatl sont superbes, autant celles de Nanahuatzin sont modestes : devant le premier sont disposés des plumes d'oiseau quetzal, des boules d'or, des poinçons de jade incrustés de corail rouge et des cassolettes emplies d'un encens très précieux ; tandis que le second est si pauvre qu'il ne peut offrir que des roseaux liés en fagots et de véritables épines d'agave tachées de son sang, tout en brûlant les croûtes de ses ulcères en guise d'encens.

Après quatre jours de pénitence, les dieux retrouvent les deux élus peu avant minuit pour les aider à enfiler leurs tenues cérémonielles – de très riches atours pour Tecuciztecatl, de simples habits en papier pour Nanahuatzin –, puis ils les escortent jusqu'au bûcher sacrificiel, qui brûle depuis quatre jours. Là, ils incitent Tecuciztecatl à se jeter dans le brasier, mais les flammes sont si hautes et si vives qu'il recule à plusieurs reprises en sentant leur chaleur ardente : quatre fois de suite, il s'élance vers le feu, puis s'interrompt dans son élan, terrifié. Alors les dieux s'adressent à Nanahuatzin, qui s'exécute sans la moindre hésitation :

> Et Nanahuatzin releva aussitôt le défi. Rassemblant ses forces, il ferma les yeux et fonça hardiment vers le feu. Il ne se laissa pas effrayer, ni de n'arrêta, ni ne chancela, ni ne fit demi-tour : promptement et sans s'y reprendre à deux fois, il courut vers le feu et s'y jeta. Puis il brûla, son corps crépitant et grésillant.

Enhardi par la mort héroïque de Nanahuatzin, Tecuciztecatl se décide enfin à se précipiter dans les flammes et périt à son tour, après quoi un aigle et un jaguar se jettent eux aussi dans le bûcher – mais ils ne meurent pas, les plumes de l'aigle ne faisant que roussir et le pelage du jaguar étant simplement moucheté de taches noires : de là, croyaient les anciens Mexicains, l'aspect de ces vaillants animaux, emblèmes des deux principaux ordres militaires aztèques.

Les dieux, une fois les deux corps consumés, s'assoient pour attendre la réapparition céleste de Nanahuatzin et de Tecuciztecatl ; voyant d'abord le ciel rougeoyer de toutes parts, ils regardent dans toutes les directions à la fois sans savoir encore où le courageux Nanahuatzin surgirait. Certains, cependant, devinent que le Soleil se lèvera à l'est, et ce sont eux qui, scrutant l'orient, observent les premiers le glorieux retour de Nanahuatzin sous la forme solaire de Tonatiuh :

> Quand le soleil commença à sortir de l'horizon, il parut très rouge ; il oscillait dans tous les sens, et son éclat était si éblouissant que nul ne pouvait le contempler sans être aveuglé.

Peu après, Tecuciztecatl, devenu la Lune, pointe à son tour à l'orient, brillant aussi intensément que Tonatiuh ; les deux astres sont si semblables que les dieux craignent que le monde ne soit éclairé par une lumière trop forte. Alors, l'une des divinités assemblées jette un lapin au visage de Tecuciztecatl ; aussitôt, la Lune blessée devient plus pâle que le Soleil, et c'est pourquoi, disaient les Aztèques, les taches sombres qui se détachent sur le disque lunaire ressemblent à la silhouette d'un lapin assis.

S'ils trônent désormais au-dessus de Teotihuacán, le Soleil et la Lune ne se sont pas encore mis en mouvement : ils restent immobiles dans le ciel, comme morts. Tonatiuh explique donc aux dieux qu'il n'entamera sa course céleste que s'ils lui rendent hommage et lui offrent leur sang : courroucé par cette exigence, Tlahuizcalpantecuhtli, dieu de l'étoile du matin et Seigneur de l'Aube, tire une flèche en direction du Soleil pour le punir de son arrogance ; or ce trait rate sa cible, et Tonatiuh, visant à son tour l'étoile du matin, atteint son agresseur au front, ce qui a pour effet immédiat de transformer Tlahuizcalpantecuhtli en Itztlacoliuhqui, dieu de la pierre et de la froidure – c'est pourquoi, lit-on, il fait toujours froid lorsque l'aube se lève. Les dieux, après cet épisode, consentent à se sacrifier pour déclencher la course du Soleil : méthodiquement, Quetzalcóatl ouvre la poitrine de ses compagnons divins pour leur arracher le cœur ; puis il place leurs manteaux et parures dans des « ballots » sacrés afin que le peuple puisse les adorer sous cet aspect. *Nahui Ollin*, le Soleil du Mouvement, s'étant ainsi ébranlé grâce au sacrifice des dieux, il appartiendrait ensuite aux êtres humains de continuer à alimenter le cinquième Soleil par l'offrande répétée de leur sang et de leurs cœurs.

Mythologie étatique

Les motifs mythologiques précités – création des cinq Soleils, du monde actuel, de la présente humanité, du maïs et du *pulque* – sont manifestement très anciens : non seulement on sait avec certitude que ces mythes de création étaient attestés au Mexique central durant la phase postclassique, mais ils semblent même s'étançonner en grande partie sur des traditions qui remontent peut-être au début de la période classique. Pour le mythe de la création de la cinquième humanité à partir des ossements de la race précédente, par exemple, le détail d'un bas-relief découvert sur le site classique récent d'El Tajín montre qu'une version au moins de cet épisode mythologique était connue dès cette époque dans l'État actuel de Veracruz : Tlaloc y est figuré en train de scarifier son membre viril pour asperger de son sang le cadavre d'un homme-poisson.

Mais, même s'il est vrai que la mythologie centre-mexicaine de la période postclassique récente partage de nombreuses similitudes avec d'autres mythes méso-américains contemporains ou encore plus anciens, les Aztèques n'en affirmèrent pas moins leur particularisme en élaborant un mythe de création original qu'ils invoquèrent afin de justifier les visées impérialistes de leur État : il s'agit du mythe qui a trait aux origines d'Uitzilopochtli (« le Colibri de Gauche »), dieu tutélaire des *Mexica*.

La figure d'Uitzilopochtli, de même que toute la mythologie qui l'entoure, peut être tenue en effet pour une invention du peuple aztèque. Car Uitzilopochtli, en dépit de la place centrale qu'il occupa dans le panthéon aztèque – il possédait les attributs conjoints de Tezcatlipoca, du dieu stellaire Mixcoatl et du dieu du feu Xiuhtecuhtli, tout en étant tenu pour une divinité solaire symboliquement assimilée à Tonatiuh –, ne suscita guère d'enthousiasme en dehors de la vallée de Mexico : seuls les habitants de cette vallée paraissent lui avoir rendu un culte fervent, et c'est sans doute pourquoi ce dieu est si peu représenté dans l'art de la Méso-Amérique ancienne.

La naissance d'Uitzilopochtli

Uitzilopochtli était censé être venu au monde sur les pentes du mont Coatepec, la « Montagne du Serpent » localisée près de l'antique cité de Tula : la plupart des nombreux textes coloniaux qui décrivent sa naissance s'accordent sur ce point, l'*Historia de los Mexicanos por sus pinturas* précisant même que les Aztèques retournaient chaque année au mont Coatepec pour y célébrer une fête en l'honneur de leur dieu tutélaire.

Comme Uitzilopochtli lui-même, toutes les divinités majeures impliquées dans ce mythe de création sont spécifiquement aztèques : aucune autre population centre-mexicaine attestée durant la période postclassique récente ne les intégra à son panthéon. Coatlicue (« Celle qui porte une Jupe de Serpents »), mère d'Uitzilopochtli, a pour attribut iconographique une jupe faite de reptiles entrelacés qui permet de l'identifier facilement, tandis que Coyolxauhqui (littéralement « Celle qui a des Grelots peints sur la figure »), demi-sœur d'Uitzilopochtli dans laquelle certains reconnaissent un avatar de Chantico – une obscure déesse du feu du plateau central mexicain –, arbore elle aussi des ornements très caractéristiques : une paire de grelots métalliques apparaît sur ses joues. Coyolxauhqui, d'autre part, est souvent figurée aux côtés de ses frères, les Centzon Huitznahua (les « Quatre Cents Méridionaux »), personnages qui peuvent être rattachés aux innombrables – c'est ce que signifie le nombre 400 – dieux aztèques du *pulque*.

Le mythe de naissance d'Uitzilopochtli ayant été remarquablement décrit par Sahagún au Livre III du codex de Florence, la version que nous citerons suivra au plus près l'exposé de ce chroniqueur.

Un jour, tandis qu'elle balaie le mont Coatepec pour faire pénitence, la chaste et pieuse Coatlicue découvre une boule de plumes qu'elle ramasse et place sous sa ceinture. Or ces plumes, dont elle constate ensuite la disparition, ont été imprégnées d'une semence qui la féconde à son insu : la déesse se retrouve ainsi miraculeusement enceinte d'Uitzilopochtli.

Quand ils finissent par s'apercevoir de la grossesse de leur mère en voyant son ventre ballonné, les Centzon Huitznahua réagissent avec véhémence. Puis, furieux et honteux, ils exigent de savoir qui est le père de cet enfant ; Coyolxauhqui, leur sœur aînée, renchérit en décrétant que Coatlicue doit être mise à mort :

> Et Coyolxauhqui, leur sœur aînée, leur dit alors :
> « Mes frères cadets, nous sommes déshonorés. Notre mère est une méchante femme qui doit être tuée ! Car qui sait d'où vient le fruit qu'elle couve en son sein ? »

La déesse enceinte apprend avec terreur les intentions de sa progéniture, mais l'enfant qu'elle porte en elle la réconforte en l'assurant qu'il est déjà pleinement conscient et se tient prêt à agir. Et les Centzon Huitznahua ont effectivement une très mauvaise surprise lorsque, aiguillonnés par Coyolxauhqui, ils se décident à revêtir leurs tenues guerrières pour mettre leur projet meurtrier à exécution : à l'instant précis où ils atteignent le sommet du mont Coatepec, Coatlicue accouche d'Uitzilopochtli, qui naît les armes à la main. Sitôt venu au monde, le dieu frappe mortellement Coyolxauhqui avec son *xiuhcoatl* (« Serpent de Turquoise ») embrasé, puis il met son corps en pièces et en disperse les restes sanglants :

> Alors il transperça Coyolxauhqui, puis la décapita d'un geste fulgurant. La tête resta sur le Coatepetl [le mont Coatepec], tandis que le corps démembré roula au bas de la montagne ; les bras, les jambes, chacun des morceaux tomba dans un endroit différent.

Après quoi Uitzilopochtli tourne son courroux vers les Centzon Huitznahua : poursuivant ses demi-frères tout autour du mont Coatepec, il les extermine avec son arme, n'en laissant que quelques-uns s'échapper en direction du sud.

Eduard Georg Seler a suggéré que cet épisode mythologique pourrait dépeindre la victoire du Soleil sur les forces des ténèbres : le *xiuhcoatl* embrasé d'Uitzilopochtli équivaudrait en ce sens aux rayons ardents de l'astre du jour, tandis que les Centzon Huitznahua représenteraient les étoiles repoussées par la clarté du soleil levant. Néanmoins, la dimension cosmique de Coyolxauhqui est plus difficile à cerner : bien que Seler l'ait identifiée à la Lune, cette déesse ne présente pas d'attribut lunaire évident, et certains, comme Carmen Aguilera, préfèrent la rattacher à un autre corps astral en y voyant plutôt une incarnation de la Voie lactée.

Mais cette interprétation cosmique est loin d'épuiser le sens de ce mythe : car cette naissance guerrière symbolise également l'essor irrésistible des Aztèques, peuple migrant qui défit et soumit les populations autochtones de la vallée de Mexico exactement comme Uitzilopochtli l'avait emporté sur sa demi-sœur aînée et ses quatre cents demi-frères. Le triomphe surnaturel de ce dieu dernier-né évoquait, sous une forme à peine déguisée, le triomphe terrestre du jeune Empire aztèque, et les conquérants *mexica* ne manqueraient pas de se réclamer de cet exemple mythologique pour justifier leur expansionnisme politique et affirmer leur droit à l'hégémonie.

D'autre part, le Templo Mayor rappelait à tous les origines miraculeuses d'Uitzilopochtli. Cette pyramide, qui dominait la capitale aztèque, se terminait par une plate-forme qui supportait deux sanctuaires auxquels on accédait par des escaliers : au nord, se dressait le temple de Tlaloc, dieu de la pluie ; au sud, celui d'Uitzilopochtli. Or, selon certains documents espagnols ou indigènes, les prisonniers de guerre sacrifiés sur ce site étaient précipités en bas des marches aussitôt après que leur cœur avait été arraché ; et plusieurs chroniqueurs du XVIe siècle avaient spécifié par ailleurs que la partie sud du Templo Mayor symbolisait le mont Coatepec, lieu de naissance mythique d'Uitzilopochtli.

Ces descriptions coloniales ont été corroborées avec éclat le 21 février 1978 : ce jour-là, en effet, des travaux de voirie entrepris dans la ville de Mexico ont permis d'exhumer un gigantesque monolithe sculpté à l'image de Coyolxauhqui. Ce monument, qui s'élevait au centre de Tenochtitlán, illustre magistralement l'humiliation et la défaite de la déesse : non seulement elle y est représentée nue, décapitée et démembrée, mais sa tête, ses bras et ses jambes, bien que détachés de son torse sanglant, sont figurés dans une position qui donne une impression de dynamisme et de mouvement, un peu comme si elle avait été campée à l'instant où elle dévalait le versant du mont Coatepec. Fait plus remarquable encore, des fouilles ultérieures révélèrent que ce monolithe se trouvait au pied de l'escalier qui conduisait au sanctuaire d'Uitzilopochtli – ce qui suggère que le rituel consistant à précipiter les captifs sacrifiés en bas des marches du Templo Mayor répétait la mort mythique de Coyolxauhqui au mont Coatepec.

Un autre monument de pierre représentant également Coyolxauhqui fut retrouvé sur le site du Templo Mayor. Quoique fragmentaire, cette pièce comporte une scène qui paraît renvoyer elle aussi à la thématique du sacrifice humain ; sur cette stèle, en effet, le *xiuhcoatl* enflammé d'Uitzilopochtli déchire le torse de Coyolxauhqui, exactement comme le couteau de silex des sacrificateurs aztèques ouvrait la poitrine des victimes immolées avant de leur trancher le cœur.

Par-delà les éons qu'il dépeint et la grandiose succession de créations ou de destructions cataclysmiques qu'il relate, le mythe des cinq Soleils pose les sacrifices comme indispensables pour la perpétuation de la vie et le maintien de l'équilibre cosmique. Non seulement l'actuelle humanité est créée grâce à la pénitence des dieux aztèques qui acceptent de mêler leur sang aux ossements de l'humanité précédente, mais un sacrifice plus grand encore est accompli à Teotihuacán lorsque ces mêmes divinités consentent à périr pour lancer notre Soleil dans sa course : les êtres humains ne feraient donc que répéter ces offrandes primordiales quand ils offriraient à leur tour leur sang et leur cœur à l'instar de leurs divins prédécesseurs. Cependant, même si ce mythe des cinq Soleils jette un éclairage précieux sur de très importants rituels centre-mexicains de la période postclassique, il ne constitue pas leur unique raison d'être : car les Aztèques, tout en s'interrogeant sur les origines du cosmos et sur la place qu'ils occupaient dans l'univers, s'efforcèrent aussi de se présenter comme un peuple élu auquel une mission privilégiée avait été assignée. Ils élaborèrent à cette fin une mythologie originale dans laquelle les origines guerrières de leur dieu tutélaire Uitzilopochtli tenaient lieu de motif principal : l'extermination de Coyolxauhqui et des Centzon Huitznahua peut être interprétée en ce sens comme une métaphore mythique des victoires du peuple aztèque qui visa à légitimer les innombrables sacrifices humains perpétrés au Templo Mayor de Tenochtitlán.

Comme l'épisode de la mise en mouvement de notre Soleil à Teotihuacán, la défaite de Coyolxauhqui et de ses frères parle tout autant de la naissance du Soleil que de l'origine des sacrifices humains, mais la mythologie impériale aztèque magnifia le rôle du dieu héliaque Uitzilopochtli aux dépens de celui du dieu-Soleil Tonatiuh. Si bien que l'on pourrait dire que le mythe de la création du cinquième Soleil et le mythe de la naissance guerrière d'Uitzilopochtli au mont Coatepec se recoupaient tout en se faisant concurrence : il est permis d'imaginer que, si les Espagnols n'avaient pas conquis le Mexique, la mythologie uitzilopochtlienne aurait fini par éclipser la mythologie solaire teotihuacánienne – exactement comme les Aztèques eux-mêmes avaient éclipsé et dominé tous les autres peuples de la Méso-Amérique ancienne.

Mythologie maya

Lorsqu'ils entrèrent en contact avec les Espagnols, les Mayas ne constituaient pas un peuple politiquement et culturellement unifié. Quelque trente variétés de langues mayances étaient en usage au XVIe siècle, tous ces parlers (dont la plupart sont encore vivaces de nos jours) ayant plus ou moins divergé au fil des siècles (certains étaient aussi étroitement apparentés que l'espagnol et le portugais modernes, d'autres aussi distincts que l'anglais et le français) ; en plus de ces divergences linguistiques, des différences culturelles tout aussi remarquables existaient entre les Mayas des Hautes Terres tels que les Tzotzils, les Tojolabals, les Mams, les Quichés, les Kekchis et les Chortis, qui occupaient les régions montagneuses du Chiapas, du sud du Guatemala et de l'ouest du Honduras.

Au XVIe siècle, par exemple, les Mayas yucatèques des

Basses Terres du Nord et les populations mayas des Hautes Terres du Sud se différenciaient autant par leurs calendriers que par certaines de leurs croyances religieuses. Bien qu'une version abrégée du « Compte long » classique ait continué à jouer un rôle essentiel dans les rituels, la mythologie et l'histoire de la péninsule du Yucatán, ce système calendarique avait cessé d'être employé dans l'aire méridionale à partir de la période postclassique ; la signalisation des directions de l'espace au moyen d'arbres, de couleurs et d'autres éléments orientés vers les autre points cardinaux, quoique universellement répandue chez les Yucatèques postclassiques et coloniaux, ne s'était guère développée sur les Hautes Terres mayas : et nombre de dieux vénérés au XVIe siècle par les Quichés et d'autres habitants de ces Hautes Terres ne sont guère attestés dans les textes et l'art yucatèques de la phase postclassique et du début de l'ère coloniale.

D'autre part, l'organisation politique des Mayas postclassiques était aussi diverse que leurs langues et coutumes. A l'époque de la conquête espagnole, les cités mayas formaient une multitude d'États indépendants : il n'existait pas, dans ce secteur, de grand empire comparable à celui des Aztèques. Les Mayas quichés et cakchiquels, en particulier, étaient des ennemis implacables en dépit de leurs liens linguistiques et géographiques (ils parlaient des langues presque similaires et occupaient des territoires voisins), et les Cakchiquels s'empressèrent donc de s'allier à Pedro de Alvarado lorsque celui-ci entreprit de conquérir les Hautes Terres quichées du Guatemala en 1524. Même la région culturellement homogène du Yucatán était divisée en une invraisemblable kyrielle de cités-États et de provinces rivales lors de l'arrivée des Espagnols ; là aussi, ces divisions facilitèrent l'instauration du régime colonial en fragmentant durablement la résistance à l'envahisseur.

Mais les populations mayas postclassiques, si morcelées fussent-elles au plan régional, présentaient aussi nombre de points communs d'ordre religieux. Certains de ces traits partagés étaient apparus à une date relativement tardive après avoir été empruntés au Mexique central, qui entretint des rapports politiques et économiques très étroits avec l'aire maya pendant toute la période postclassique. Quetzalcóatl, le « Serpent à Plumes » centre-mexicain, était nommé Kukulcan par les Mayas du Yucatán et Gucumatz par les Mayas quichés et cakchiquels des Hautes Terres ; or ce dieu, s'il joue un rôle prépondérant dans les mythes et légendes des Mayas postclassiques, est quasiment absent des inscriptions et œuvres d'art mayas de la période classique. Comme on peut voir un autre exemple d'innovation postclassique semblablement imputable à un emprunt dans le nom de cette mystérieuse contrée occidentale dite *Zuyua* en maya yucatèque et *Tulan Zuiva* en maya cakchiquel et quiché : cette dernière appellation fait irrésistiblement penser à la Tollan toltèque, dont on sait aujourd'hui qu'elle correspond au site postclassique ancien de Tula (État de Hidalgo).

Cependant, même si une phase limitée de mexicanisation de la religion maya peut être observée tant sur les Hautes Terres que sur les Basses Terres durant la période postclassique récente, il convient de souligner que cette religion s'enracinait pour l'essentiel dans des strates culturelles spécifiquement mayas qui sont attestées dans l'aire septentrionale dès la période classique ancienne. Les sacrifices humains, notamment, – rituel longtemps tenu pour postclassique et originaire du Mexique central – étaient déjà pratiqués sur une large échelle par les Mayas classiques : la scarification de la langue, du pénis et d'autres parties du corps, autre rite sacrificiel commun aux Mayas postclassiques, compte parmi les motifs les plus universels des inscriptions et monuments classiques. Et, outre ces rites et ces cérémonies, maints dieux ou mythes des Mayas postclassiques dérivent également de traditions classiques antérieures : ainsi, la plupart des divinités majeures – quinze, au total – citées dans les codex postclassiques du Yucatán étaient déjà adorées par les Mayas classiques.

La principale divinité des Mayas anciens était probablement Itzamna, vieux dieu créateur similaire au Tonacatecuhtli centre-mexicain : les représentations d'Itzamna sont particulièrement fréquentes dans l'art maya classique et postclassique. Sa compagne semble avoir été Ix Chel, déesse âgée qui cumulait les fonctions de guérisseuse et de sage-femme. Comme Tlaloc, son homologue aztèque, Chac, dieu maya de la pluie et des éclairs, fit partie des dieux méso-américains les plus durablement vénérés : figuré dès le Ier siècle de notre ère dans l'art maya protoclassique (où on peut le reconnaître aux serpents et aux haches, symboles de son pouvoir sur la foudre, qu'il porte à la main), Chac est prié encore par les Mayas contemporains.

Une autre figure majeure des panthéons mayas classique et postclassique était le dieu du maïs : bien que l'on ignore comment les Mayas postclassiques appelaient cette divinité, divers indices sembleraient démontrer qu'une forme importante de ce personnage divin fut connue sous le nom de Hun Nal pendant la période classique. Tout aussi essentiel était l'ancien dieu maya de la mort : très proche du Mictlantecuhtli centre-mexicain par son aspect formel aussi bien que par ses attributs symboliques, et baptisé Cizin (le « Flatulent ») par les Mayas postclassiques et modernes, ce dieu squelettique fut désigné en outre par l'appellation de Yum Cimih (« Seigneur de la Mort »). Enfin, on sait que l'ancien dieu solaire des Mayas se nommait Kinich Ahau, « Seigneur qui a le Soleil pour visage » : traditionnellement représentée sous la forme d'un jaguar, cette puissante divinité était censée se métamorphoser en félin chaque fois que sa course nocturne l'amenait à traverser les profondeurs de la Terre.

Le *Popol-Vuh* quiché dépeint aussi bien les croyances et les constructions religieuses des Mayas du XVIe siècle que celles de leurs prédécesseurs de l'époque classique. Des recherches récentes ont montré, en effet, que nombre des mythes de création relatés dans ce texte colonial – notamment ceux qui ont trait aux exploits des jumeaux héroïques Hunahpu et Ixbalanque et de leur père – étaient déjà connus des Mayas classiques, quelques-uns de ces récits étant même corroborés par deux stèles du site protoclassique d'Izapa ; et, en l'état actuel de nos connaissances, ces éléments classiques et protoclassiques du *Popol-Vuh* constituent le plus ancien matériel mythologique américain dont on dispose.

Le *Popol-Vuh* : les origines primordiales

La première section du *Popol-Vuh* décrit comment le monde et ses premiers habitants furent créés à partir de la mer et du ciel primordiaux. Comme dans le mythe aztèque des cinq Soleils, des créations et des destructions multiples se succèdent, chacune étant associée à une humanité particulière. Mais, ici, ces races humaines successives sont façonnées et anéanties pour des raisons précises : selon le *Popol-Vuh*, les hommes avaient été conçus afin qu'ils nourrissent les dieux par leurs prières et par leurs sacrifices ; et le concept de cette « nutrition » doit être entendu en son sens le plus littéral, puisque l'acte créateur divin est comparé lui-même à l'arpentage préparatoire d'un carré de maïs :

> Les quatre délimitèrent des côtés et des coins,
> Mesurant, jalonnant tous les quatre,
> Divisant la corde, étirant le cordeau,
> Dans le ciel, sur la Terre,
> Aux quatre côtés, aux quatre coins.

Or seule la race du maïs, produit de ce champ cosmique, allait s'acquitter de cette mission : aucune autre race, avant elle, ne réussirait à procurer ce précieux aliment aux dieux.

Le caractère éminemment abstrait de cette première section – elle dépeint de vastes événements cosmologiques plutôt que des épisodes mythiques aisément identifiables – explique sans doute en partie pourquoi elle est si peu représentée dans l'art et les inscriptions des Mayas classiques. Mais les Yucatèques coloniaux concevaient eux aussi la terre comme un champ de maïs quadrangulaire, et la plupart des spécialistes s'accordent à reconnaître que maints motifs de cette section initiale

– les créations successives, l'opposition dualiste du ciel et de la Terre, etc. – comptent parmi les thèmes les plus fondamentaux et les plus anciens de la religion méso-américaine.

Avant la création de la Terre, lit-on d'emblée dans le *Popol-Vuh*, seules existaient la mer paisible et l'étendue infinie du ciel :

> Il n'y avait encore ni hommes, ni animaux, ni oiseaux, ni poissons, ni crabes, ni arbres, ni rochers, ni cavernes, ni cañons, ni prés, ni forêts. Seul le ciel était là, et la face de la Terre n'était pas encore visible ; seule la mer était là, étale sous l'immensité des cieux. Rien ne s'était assemblé, tout était en repos ; aucune chose ne s'agitait, tout était en attente, tout était immobile sous les cieux.

Gucumatz, le Serpent Emplumé, est lové sous ces eaux, entouré de plumes vertes et bleues aux reflets chatoyants, tandis que dans ces espaces célestes vit Cœur du Ciel, divinité également nommée Huracan qui se manifeste par « trois formes d'éclair ». Or ces dieux, longtemps immobiles et méditatifs, sortent un jour de leur silence : ils se mettent à parler ensemble de la création du monde, de la venue de la première aube, de l'engendrement de l'humanité et de la nourriture qui leur conviendrait, et aussitôt – créées par la seule magie de leur verbe – surgissent des montagnes et des terres fertiles qui se couvrent instantanément de cyprès et de pins verdoyants.

Afin de peupler ces monts boisés, les deux créateurs engendrent ensuite les oiseaux, les cerfs, les jaguars et les serpents, et attribuent des demeures à chacune de ces espèces, puis ils ordonnent à tous ces animaux de louer leurs noms divins en les invoquant dans leurs prières ; mais les bêtes ne parviennent pas à prononcer leurs noms :

> Elles caquetèrent, elles jacassèrent, elles hurlèrent, chacune poussa un cri différent sans parler pour autant de langage reconnaissable.

Constatant que leurs louanges ne seraient jamais chantées par cette faune privée de parole, les créateurs décrètent que les animaux ne domineraient pas la Terre : leur chair, leur apprennent-ils, serait vouée à être mangée par d'autres êtres encore à venir, qui sauraient, *eux*, soutenir et nourrir les dieux.

Se remettant à l'ouvrage, les créateurs entreprennent alors de façonner une ébauche d'être humain en modelant de la glaise humide, mais cette créature d'argile n'est guère réussie, car les mots qu'elle articule sont vides de sens et son corps est si mou qu'il se défait au moindre mouvement. Comprenant qu'un être aussi faible ne saurait survivre et se multiplier, ils détruisent donc leur œuvre et décident de fabriquer une autre race d'hommes.

Échaudés par ces deux échecs consécutifs, Cœur du Ciel et Gucumatz s'adressent aux vieux devins Ixpiyacoc et Ixmucane, son épouse, qui prononcent leur augure après avoir consulté le calendrier sacré et jeté des grains de maïs mélangés à des graines rouges : « La prochaine race humaine, énoncent les devins, devra être taillée dans du bois ! » Les créateurs répondent à cette prophétie en disant : « Qu'il en soit ainsi », et le monde, à l'instant même où ils profèrent cette phrase, se retrouve peuplé d'une humanité nouvelle, faite en bois pour les hommes et en jonc pour les femmes. Or, quoique ressemblant à des êtres humains et capables de parler et de se multiplier, ces créatures ne sont en fait que de pauvres mannequins desséchés : aucun sang ne coulant dans leurs veines, elles n'ont ni esprit ni sagesse et sont donc incapables de rendre grâce aux divinités qui leur ont donné la vie. Si bien que les dieux décident une fois encore d'anéantir ces êtres de bois en les noyant d'abord sous un grand déluge de résine, puis en les faisant pulvériser par une cohorte de démons féroces auxquels s'ajoutent même des ustensiles et des animaux furieux :

> Dans leurs maisons vinrent les animaux, petits et grands.
> Leurs visages furent écrasés par le bois et la pierre.
> Toutes les choses et tous les êtres s'élevèrent contre

> eux : leurs jarres, leurs poêles à *tortillas*, leurs écuelles, leurs marmites, leurs chiens, les pierres de leurs meules, tous leur déchiquetèrent la face.

Après cette inondation et la destruction de la race de bois, le monde est de nouveau dépeuplé, et l'essentiel reste à faire ; il n'existe toujours pas d'êtres vivants capables de nourrir les dieux par leurs prières et leurs offrandes. Mais il faudra attendre que les jumeaux héroïques aient chassé tous ces démons de la surface de la Terre et découvert ce qui devait composer la chair de l'homme pour que notre race actuelle soit enfin créée.

Les jumeaux héroïques et la défaite de Xibalba

La deuxième section du *Popol-Vuh* narre les exploits de deux paires de jumeaux. Les jumeaux aînés, fils des devins Ixpiyacoc et Ixmucane, portent les noms calendariques de Hun Hunahpu (Un Hunahpu) et de Vucub Hunahpu (Sept Hunahpu). Or Hun Hunahpu a quatre enfants : son épouse met d'abord au monde les sages Hun Batz et Hun Chouen, qui deviennent de grands artistes et d'excellents musiciens ; puis la jeune Ixquic, fécondée miraculeusement par sa salive après sa mort, donne naissance aux deux autres jumeaux Ixbalanque et Hunahpu. Ces fils posthumes de Hun Hunahpu, après avoir entamé leur carrière héroïque en tuant l'oiseau monstrueux Vucub Caquix, accompliront un exploit plus spectaculaire encore en vainquant les dieux de la mort du redoutable monde souterrain de Xibalba.

Appréciant autant les jeux de hasard que les joutes sportives, Hun Hunahpu et Vucub Hunahpu vont un jour affronter Hun Batz et Hun Chouen sur leur terrain de pelote, dont l'enceinte est bâtie en contre-haut de la route qui conduit au royaume ténébreux de Xibalba. Dérangés par les bruits des joueurs, Hun Came (Un Mort) et Vucub Came (Sept Mort), Seigneurs suprêmes de Xibalba, commencent par se réunir pour découvrir comment châtier les auteurs de ce vacarme, puis ils décident finalement à l'issue de cette réunion de dépêcher quatre hiboux messagers à la surface de la Terre pour convier Hun Hunahpu et Vucub Hunahpu à venir jouer à la pelote dans leur royaume souterrain ; et les deux frères acceptent l'invitation malgré les conseils de leur mère Ixmucane.

La route qui descend jusqu'à Xibalba étant longue et semée d'embûches, les jumeaux traversent avec succès une première série d'obstacles – des rapides au cours impétueux, des forêts d'épineux et une rivière de sang –, puis ils atteignent un endroit où se croisent quatre chemins de couleur différente : là se noue leur défaite, car ils choisissent à tort d'emprunter le chemin noir.

Une fois parvenus au terme de leur voyage, Hun Hunahpu et Vucub Hunahpu croient saluer les Seigneurs infernaux assis dans la salle du conseil, mais ils n'obtiennent aucune réponse, car ils ne se sont adressés en fait qu'à de vulgaires mannequins de bois : les dieux de la mort, en évitant de révéler leurs noms, s'assurent d'emblée un précieux avantage sur leurs ennemis. Sentant que la victoire ne saurait leur échapper, les citoyens de Xibalba témoins de cette scène éclatent de rire, puis ils usent d'un deuxième stratagème en invitant leurs visiteurs à prendre place sur un banc de pierre ardent :

> Sur ce banc ils se brûlèrent. Ils se trémoussèrent sur ce siège, sans se procurer aucun soulagement ; et ils auraient eu le derrière entièrement brûlé s'ils ne s'étaient enfin relevés d'un bond. Voyant cela, ceux de Xibalba s'esclaffèrent de nouveau.

Les Xibalbiens soumettent ensuite Hun Hunahpu et Vucub Hunahpu à une ultime épreuve en leur remettant des cigares et des torches de pin qu'ils doivent rapporter intacts après toute une nuit passée dans la Demeure Obscure – épreuve dont ils sortent vaincus, le tabac et les torches s'étant totalement consumés au cours de ces heures.

Ainsi dupés par les Seigneurs de Xibalba, les jumeaux sont sacrifiés et enterrés côte à côte dans le terrain de pelote du royaume souterrain, Hun Came et Vucub

Came commémorant leur triomphe en faisant placer la tête décapitée de Hun Hunahpu entre les branches d'une arbre stérile ; or, à l'instant même où il reçoit cette tête, cet arbre qui n'avait jamais porté de fruits auparavant se couvre de magnifiques calebasses rondes, dont l'une est en tout point semblable au crâne de Hun Hunahpu.

Puis entre en scène Ixquic, fille d'un des Seigneurs de Xibalba. Seule au pied de cet arbre dont tout le monde parle, Ixquic se demande à voix haute si elle va cueillir ou non l'un de ces fruits prodigieux, et la tête de Hun Hunahpu, entendant ces paroles, explique à la jeune femme que ces objets ronds qu'elle admire tant ne sont rien d'autre que des crânes ; mais Ixquic n'en réclame pas moins un fruit, et c'est alors que le crâne de Hun Hunahpu, crachant un jet de salive dans sa main droite, la féconde tout en lui tenant ce discours :

> C'est juste un signe que je t'ai donné, ma salive, mon crachat. Ma tête, elle, n'est plus qu'un crâne – des os dépouillés de leur chair. Ainsi en est-il de la tête des grands Seigneurs : la chair est l'unique chose qui donne bonne apparence à leur visage, et, quand ils meurent, les hommes sont épouvantés à la vue de leurs os. Or leurs fils, après leur mort, sont comme leur salive ou leur bave de par leur nature même, car tel est le lot de tous les fils, qu'ils soient issus d'un Seigneur, d'un artisan ou d'un orateur : les pères ne disparaissent pas tant que leurs vœux continuent à être exaucés.

Finissant par remarquer l'état de sa fille, et ne réussissant pas à savoir de qui est l'enfant qu'elle porte dans son ventre, le père d'Ixquic ordonne aux hiboux messagers d'aller sacrifier la fornicatrice et de lui rapporter son cœur dans une jarre, mais les quatre hiboux acceptent d'épargner Ixquic. Recueillant une boule de sève rougeoyante qui a la forme et la consistance d'un cœur humain, ils présentent cette sève aux Seigneurs de Xibalba en lieu et place du cœur de la jeune femme, puis ils s'éclipsent discrètement pour conduire Ixquic à la surface de la Terre pendant que leurs maîtres brûlent cette masse de résine pour humer l'odeur enivrante (qu'ils prennent pour le délicieux parfum du sang) qui s'en exhale. Ainsi sont vaincus les puissants Seigneurs de la mort, trompés par une simple jouvencelle.

Arrivant devant la demeure d'Ixmucane, Ixquic annonce à la mère des jumeaux sacrifiés qu'elle est sa bru et sa fille, car elle appartient à Hun Hunahpu. Après avoir d'abord tenté de chasser la jeune femme enceinte en objectant que ses deux fils ont certainement péri à Xibalba, Ixmucane finit par lui déclarer qu'elle la tiendra pour sa belle-fille si elle réussit à ramasser un plein filet de maïs dans le champ de Hun Batz et de Hun Chouen – tâche dont Ixquic s'acquitte avec brio, bien que le champ en question n'ait porté qu'une unique tige de maïs.

Ixquic donne ensuite naissance aux jumeaux héroïques

Hunahpu et Ixbalanque, qui grandissent dans une ambiance chargée d'hostilité – non seulement leur grand-mère, Ixmucane, ne les aime guère, mais leurs demi-frères, Hun Batz et Hun Chouen, les jalousent et les dépouillent régulièrement du produit de leurs chasses : passant leur temps à danser et à jouer de la musique, les deux aînés dévorent les oiseaux tués par les jumeaux en ne leur laissant rien d'autre que des bouts d'os et de maigres articulations. Or, un jour, Hunahpu et Ixbalanque reviennent bredouilles de la forêt. Déclarant à leurs demi-frères que tous les oiseaux sur lesquels ils ont tiré avec leurs sarbacanes sont restés entravés dans les frondaisons d'un grand arbre, ils leur demandent d'aller décrocher ce gibier des branches où il est resté coincé, ce à quoi les aînés consentent. Mais le tronc de l'arbre se met à enfler et à grandir démesurément sitôt que Hun Batz et Hun Chouen ont escaladé son tronc ; pris de panique, les grimpeurs implorent alors le secours de leurs cadets, qui leur disent : « Déroulez donc vos pagnes et nouez-les autour de vos hanches en laissant pendre leurs pointes comme des queues. De la sorte, vous pourrez vous déplacer plus facilement de branche en branche ! » Et Hun Batz et Hun Chouen, s'exécutant, se métamorphosent soudain en singes – ils s'enfuirent vers les montagnes petites et grandes, lit-on dans le *Popol-Vuh*, mais leurs noms ne seraient pas oubliés pour autant, car ils seraient invoqués par les artistes, les danseurs et les musiciens.

Comme on l'a vu, une multitude de créatures effroyables avaient envahi le monde après le grand déluge qui avait mis fin à la race des hommes de bois. Le plus important de ces monstres, Vucub Caquix (Sept Ara), était un oiseau plein de morgue qui se comparait au Soleil et à la Lune et prétendait tout régenter. Or Hunahpu et Ixbalanque décident un jour de tuer cette bête prétentieuse : attendant que Vucub Caquix se pose près de son arbre fruitier favori, ils tirent dans sa direction avec leurs sarbacanes et le touchent à la mâchoire, à la suite de quoi l'oiseau furieux arrache l'un des bras de Hunahpu et s'envole, muni de ce trophée. Là-dessus, les jumeaux rencontrent un vieux et une vieille qu'ils convainquent de se rendre chez Vucub Caquix en se faisant passer pour des guérisseurs capables de soigner les maux de dents et les douleurs oculaires : une fois en présence du monstre, les deux vieillards remplacent ses dents par des grains de maïs blanc et sortent ses yeux de leurs orbites. Privé de tout ce dont il s'enorgueillissait, Vucub Caquix ne tarde pas à mourir ; alors, les vieillards récupèrent le bras sectionné de Hunahpu et l'emboîtent si bien sur son moignon que la blessure guérit instantanément.

En jouant à la pelote sur le terrain de jeu de leur père et de leur oncle, les jumeaux héroïques sont à leur tour à l'origine d'un brouhaha qui dérange les Seigneurs de Xibalba, et ces derniers, furieux de ce bruit fait au-dessus de leurs têtes, dépêchent une fois encore leurs messagers vers les joueurs pour les attirer dans leur royaume souterrain. Au cours de leur descente vers Xibalba, Hunahpu et Ixbalanque franchissent sans encombre des rivières de sanies et de sang, puis ils atteignent eux aussi le carrefour des quatre chemins déjà évoqué. Mais Hunahpu, lui, ne se laisse pas tromper, car il crée un moustique en s'arrachant un poil du tibia et l'envoie espionner les Seigneurs infernaux ; remplissant sa mission, l'insecte s'attaque d'abord aux mannequins de bois, qui restent silencieux, puis il inflige des piqûres successives aux dieux de la mort qui, dans leurs exclamations de douleur, révèlent le nom de leurs voisins.

Une fois parvenus dans le palais des Seigneurs de Xibalba, Ixbalanque et Hunahpu ignorent donc les statues de bois et le banc ardent, et saluent correctement tous les dieux assemblés. Stupéfaits, les Xibalbiens les font entrer dans la Demeure Obscure après leur avoir remis des feuilles de tabac et des torches de pin, mais les jumeaux bernent leurs gardiens en plaçant des plumes d'ara rouges à l'extrémité de leurs flambeaux et des vers luisants au bout de leurs cigares : si bien que, le lendemain à l'aube, les torches ne se sont pas consumées et les cigares sont comme neufs ! Après ces succès, les deux frères remportent d'autres épreuves encore : ils disputent une partie de pelote victorieuse contre les dieux de la mort, puis sortent sains et saufs, grâce à leur ruse, de la Demeure des Lames d'Obsidienne, de la Demeure du Froid, de la Demeure des Jaguars et de la Demeure du Feu. On les envoie ensuite passer une nuit dans la Demeure des Chauves-Souris, repaire du féroce vampire Camazotz ; là, les jumeaux héroïques se cachent à l'intérieur de leurs sarbacanes, mais Hunahpu finit par risquer un œil hors de son abri pour voir si le jour s'est levé, et il se fait alors décapiter par Camazotz.

Ivres de joie et se tenant déjà pour vainqueurs, ceux de Xibalba s'empressent d'aller pendre la tête de Hunahpu au-dessus du terrain de pelote. Mais, avant les premières lueurs de l'aube, Ixbalanque demande aux petits et aux grands animaux de lui apporter leurs diverses nourritures. Si certaines bêtes lui présentent des choses pourries et d'autres des feuilles ou des herbes, le coati (une sorte de raton laveur) revient quant à lui muni d'une grosse courge qu'Ixbalanque place sur le cou tranché de son frère afin de lui façonner une nouvelle tête ; aussitôt, Hunahpu retrouve ses traits, ses yeux, sa chevelure et sa parole, de sorte que les deux jeunes gens, sauvés par ce tour de magie, peuvent se présenter ensemble sur le terrain de pelote lorsque pointent les premières lueurs du jour.

Utilisant la tête tranchée de Hunahpu en guise de balle, leurs adversaires leur expédient d'emblée un service très puissant, mais Ixbalanque réplique à ce coup avec une telle ardeur que la tête rebondit hors du terrain et va se perdre dans les bois. Or à cet instant même surgit un lapin auquel les deux jumeaux avaient préalablement donné l'instruction de s'enfuir en sautillant ; croyant suivre la balle, les dieux de la mort partent tous à la poursuite de l'animal tandis qu'Ixbalanque, profitant de la distraction des Xibalbiens, retrouve la véritable tête de son frère et la replace sur son cou. Quand les dieux, appelés par les jumeaux, reviennent ensuite sur le terrain, c'est donc avec la courge, et non plus avec la tête de Hunahpu, que la partie reprend :

> Lancée par Ixbalanque, la courge retomba sur le terrain et se brisa en mille morceaux, répandant partout ses graines qui brillèrent comme des pépites sous le regard des Seigneurs.
> […] C'est ainsi que Hunahpu et Ixbalanque vainquirent ceux de Xibalba : ils avaient traversé bien des tourments et n'étaient pas morts.

S'ils ont remporté cette partie de pelote, les jumeaux héroïques n'en échappent pas pour autant au sacrifice : car les dieux de la mort, plutôt que de reconnaître leur défaite, cherchent de nouveau à tromper les deux frères en leur proposant de sauter au-dessus d'une grande fosse remplie de branches enflammées. Tout en sachant qu'ils ne survivraient pas à un tel défi, Ixbalanque et Hunahpu se précipitent bravement dans ce four ardent : ils périssent alors sous les yeux des Ixbalbiens, qui entreprennent ensuite de moudre leurs os calcinés afin de disperser leurs restes dans une rivière. Mais les cendres des jumeaux, au lieu d'être emportées par le courant, se déposent doucement au fond de l'eau, ce qui permet aux frères de réapparaître cinq jours plus tard, sous la forme d'hommes-poissons.

Le lendemain de cette métamorphose se présentent à Xibalba deux pauvres danseurs vêtus de haillons, qui exécutent toutes sortes de prodiges devant les habitants du royaume infernal : sous ces déguisements se cachent Ixbalanque et Hunahpu. Convoquant ces artistes dans leur palais, les dieux de la mort sont éblouis par les danses des deux frères, qui accomplissent à leur demande trois sacrifices – ceux d'un chien, d'un homme et de Hunahpu – suivis de résurrections immédiates ; puis, le cœur gonflé par une joie si extatique qu'ils ont eux-mêmes l'impression de danser, les Seigneurs demandent à être tués à leur tour afin qu'ils puissent eux aussi mourir et ressusciter.

Agréant à cette requête, les jumeaux sacrifient en premier Hun Came, principal Seigneur de Xibalba, mais celui-ci, contrairement à son espérance, ne revient pas à la vie après son trépas :

> Dès qu'il comprit que le Premier Seigneur de Xibalba était mort pour de bon, l'autre grand Seigneur [Vucub Came] s'humilia et pleura devant les danseurs :
> « Ayez pitié de moi ! » leur dit-il quand il comprit la vérité. Et tous les vassaux de ces Seigneurs fuirent

alors en direction du grand ravin, qu'ils comblèrent de leurs corps blottis les uns contre les autres.

Ainsi fut défait le maléfique royaume de Xibalba. Révélant leurs noms aux Xibalbiens épouvantés, les jumeaux rusés annoncent d'abord que personne n'échappera à leur vengeance, puis ils consentent à épargner leurs adversaires agenouillés tout en prononçant ces paroles :

> Écoutez notre sentence, gens de Xibalba ! Puisque votre pouvoir, désormais, n'existe plus, votre condition et celle de vos descendants seront rabaissées. Vous ne recevrez plus de tributs précieux, mais seulement de rugueux nodules de sève. De même que le sang ne maculera plus jamais vos autels, car on ne vous offrira plus que des poêles à frire, des courges et de menus objets brisés.

Après quoi Ixbalanque et Hunahpu, ayant appris de la bouche des Xibalbiens où leur père et leur oncle ont été enterrés, se rendent sur le terrain de pelote pour encenser la mémoire de leurs parents et les assurer qu'ils seront toujours respectés et adorés. Puis ils s'élèvent ensemble au ciel, où ils deviennent le Soleil et la Lune.

Les origines du maïs et de l'humanité

Les divinités et les démons monstrueux des régions terrestres et souterraines avaient donc été anéantis, mais il n'existait toujours pas d'êtres vivants susceptibles de nourrir les dieux.

Assemblés dans les ténèbres antérieures à la première aube, Gucumatz et Cœur du Ciel ordonnent à un renard, un coyote, une perruche et un corbeau de se rendre à Paxil et Cayala – lieu décrit comme une montagne couverte de fruits et de graines – pour en rapporter des épis de maïs jaunes et blancs que la vieille Ixmucane moudra ensuite en une fine farine avec laquelle sera façonnée la chair des quatre premiers représentants de l'actuelle humanité.

Contrairement aux créatures de bois qui les ont précédés, ces êtres issus du maïs sont savants et intelligents et n'oublient pas de rendre grâce à leurs créateurs. Mais cette nouvelle race humaine ne satisfait pas Gucumatz et Cœur du Ciel, car ces hommes de maïs ont une vision si perçante qu'ils sont presque semblables à des dieux – ils distinguent tout sur la Terre et dans le ciel, jusqu'aux confins de l'univers. Si bien que les deux créateurs décident de limiter les pouvoirs de ces quatre premiers hommes : voilant leur vision comme l'haleine embue la surface d'un miroir, ils font en sorte que leurs yeux ne distinguent plus que ce qui est proche d'eux, puis ils leur donnent quatre belles compagnes qui leur font très vite oublier leur omniscience perdue – de ces quatre couples descendrait toute la race des Quichés.

Cheminant dans l'obscurité, les premières tribus humaines atteignent Tulan Zuiva, Lieu des Sept Cavernes et des Sept Cañons : là leur sont assignées diverses divinités protectrices dont Tohil, dieu tutélaire des Quichés et maître du feu. Après quoi les peuples ainsi constitués se séparent en parlant des langues différentes – certains vont vers l'est, tandis que les Quichés se dirigent vers l'ouest. S'abstenant de manger jusqu'à la venue de la première aube, les Quichés se retournent souvent pour diriger leurs regards vers l'orient (c'est-à-dire vers Tulan Zuiva), puis ils arrivent un jour sur le mont Hacauitz, où se lève enfin l'aurore tant attendue.

Brûlant joyeusement de l'encens pour fêter cet événement mémorable, les Quichés pleurent de joie en contemplant l'apparition de l'étoile du matin, puis ils observent avec ravissement le premier lever de soleil :

> Quand il se manifesta, le Soleil était semblable à un homme. Sa face brûlante sécha la surface de la Terre, qui était fangeuse avant sa venue. Et quand il commença à s'élever au-dessus de l'horizon, le Soleil res-

semblait encore à un homme ; sa chaleur, à cet instant, était insupportable.

Immédiatement, les dieux des Quichés se transforment en pierre, leurs effigies pétrifiées s'ajoutant à celles d'animaux très puissants comme le puma, le jaguar et le serpent à sonnettes – et tel serait à jamais leur aspect, après cette aube originelle.

L'épopée de création du *Popol-Vuh* dans la religion maya classique

Nombre de personnages ou d'événements mentionnés dans la partie du *Popol-Vuh* afférente aux exploits des jumeaux héroïques sont attestés dans la mythologie maya classique : ils sont antérieurs, de plus de sept cents ans, à la rédaction de ce manuscrit daté du XVIe siècle. De fait, les céramiques admirablement peintes ou ciselées des Mayas classiques constituent une source de documentation extrêmement précieuse. Contrairement à l'art monumental maya de cette même période classique, qui eut surtout un caractère historique et tendit plutôt à magnifier les accès au trône de tel ou tel souverain, ces vases issus pour la plupart des Basses Terres centrales du Petén – région de jungle actuellement située au Guatemala – fourmillent d'allusions à des événements mythologiques. Bien entendu, tous les épisodes mythiques figurés sur ces vases ne sont pas évoqués dans le *Popol-Vuh* quiché ; mais il n'en reste pas moins que les significations sous-jacentes de ce texte colonial sont remarquablement éclairées par ces décors de vases classiques.

Un équivalent classique de Hun Hunahpu, père des jumeaux héroïques, peut être trouvé dans la figure du dieu du maïs. Cette divinité est représentée avec un front aplati et allongé dont l'aspect oblong est parfois accentué par les zones ombrées qui marquent l'emplacement des sourcils et des cheveux. Cette longue tête coiffée d'une sorte de houppe évoque un épi de maïs et sa barbe soyeuse, tandis que la fauchaison de cet épi mûr symbolise la décapitation, supplice infligé à Hun Hunahpu. Sur un vase daté de la période classique récente, la tête du dieu du maïs est placée sur le tronc d'un cacaoyer, et une tête humaine partiellement transformée en cabosse apparaît dans les tiges supérieures. Ce motif renvoie clairement au passage du *Popol-Vuh* qui décrit comment la tête tranchée de Hun Hunahpu fut déposée dans un arbre, bien que dans le texte quiché le végétal en question soit décrit comme un calebassier plutôt que comme un cacaoyer.

En règle générale, ces illustrations classiques du mythe de Hun Hunahpu sont beaucoup plus détaillées et complexes que leurs corollaires coloniaux du *Popol-Vuh*. Très souvent, par exemple, la forme classique de ce personnage est associée à des étendues d'eaux stagnantes : on peut y voir une référence à Xibalba, les Mayas anciens se représentant en effet ce monde souterrain comme un lieu humide et détrempé. Et Hun Hunahpu, dans certaines de ces scènes aquatiques, est figuré aux côtés de jeunes filles nubiles (peut-être ses épouses) qui l'habillent un peu comme si elles le préparaient pour un voyage. Quoique parfois empreint d'érotisme, ce motif rappelle d'autres décors de vases qui montrent Hun Hunahpu en train de pagayer dans un canoë, et l'on peut donc supposer que ce périple symbolisait aussi bien la mortelle expédition du héros vers Xibalba que sa résurrection finale.

L'équivalent classique de Hun Hunahpu, par ailleurs, est souvent dépeint sous l'aspect d'un danseur et d'un artiste qui ne doit pas être confondu avec les dieux patrons des scribes ; car, conformément aux indications du *Popol-Vuh*, ce sont Hun Batz et Hun Chouen, premiers fils de Hun Hunahpu transformés en singes par leurs demi-frères Hunahpu et Ixbalanque, qui incarnent ces divinités tutélaires dans l'iconographie classique : ils y sont traditionnellement figurés sous l'apparence de scribes simiesques munis de calames et d'encriers en forme de coquillages et peignant des manuscrits pliés en accordéon.

Les jumeaux héroïques Hunahpu et Ixbalanque apparaissent souvent, eux aussi, dans l'art et dans les inscriptions mayas de la période classique. Ils sont généralement représentés le front ceint de bandeaux blanc et rouge (symboles du pouvoir chez les Mayas classiques) ; le visage de Hunahpu constituait d'autre part le glyphe du nom de jour dit *Ahau*, terme qui signifiait « roi » dans les langues mayances. Reconnaissables par les marques distinctives qui ornent leur peau – Hunahpu porte de grandes taches noires sur les joues et le corps, tandis que le torse, les membres et le pourtour de la bouche d'Ixbalanque sont mouchetés comme le pelage d'un jaguar – et fréquemment accompagnés de leur père ou des scribes simiesques, les deux jumeaux sont campés également sous l'aspect de tireurs de sarbacane en train de viser le précurseur classique de l'oiseau monstrueux Vucub Caquix. Ce dernier ne ressemble pas du tout à l'ara dont parle le *Popol-Vuh*, car cette créature mythique est dotée à la fois de grandes ailes en forme de gueule de serpent et d'un long bec crochu peut-être inspiré de celui des vautours royaux.

Le motif de la mise à mort de cet oiseau monstrueux par les jumeaux héroïques est très courant dans l'art maya protoclassique. Deux monuments du site d'Izapa, qui s'élève à une trentaine de kilomètres du littoral pacifique de l'État mexicain du Chiapas, tout près de la frontière du Guatemala, attestent que la figure de ce monstre fut très précocement corrélée à des séquences narratives qui seraient reprises beaucoup plus tard dans le *Popol-Vuh*. En témoigne la stèle 2 de ce site, qui illustre d'une manière pittoresque la défaite de Vucub Caquix en montrant un grand oiseau qui vole d'abord vers un arbre fruitier en direction duquel courent deux êtres humains (selon certains spécialistes, ce détail devrait être tenu pour la plus ancienne figuration du thème des héros jumeaux dont on disposerait pour l'ensemble du Nouveau Monde), puis qui est représenté de nouveau au pied de cet arbre en arborant cette fois une aile cassée et une mâchoire décharnée. En témoigne aussi la stèle 25, où un volatile gigantesque plane au-dessus d'un personnage masculin dont l'un des bras est remplacé par un moignon sanglant – or Hunahpu, on l'a vu, était censé justement avoir perdu un bras en affrontant Vucub Caquix.

Comme le *Popol-Vuh*, l'art maya classique ne manque pas d'associer les jumeaux héroïques au jeu de pelote. Sur le site de Copán, un « marqueur » de pierre exhumé sur un terrain de jeu réel représente ainsi Hunahpu en train d'affronter un dieu de la mort, tandis que, sur un autre « marqueur » de zone daté de la période classique récente et découvert près de Chinkultic (site des Hautes Terres du Chiapas), est gravée la silhouette d'un joueur qui frappe une balle avec ses hanches. Ce personnage, dont les atours sont ornés de symboles mortuaires, frappe en fait la tête de Hunahpu (on la distingue sur la balle, légèrement incisée), détail qui rappelle l'épisode du *Popol-Vuh* immédiatement consécutif au séjour des jumeaux dans la Demeure des Chauves-Souris. Ces trouvailles archéologiques donnent à penser que les Mayas classiques répétaient sur leurs terrains de jeu la partie de pelote mythique disputée entre les jumeaux héroïques et les Seigneurs de Xibalba.

On peut noter, enfin, que l'un des motifs les plus courants et les plus importants de la poterie maya classique a trait à l'assistance que les jumeaux héroïques prêtent à leur père, le dieu du maïs. Sur certains décors de vases, les deux frères, debout au milieu d'un paysage aquatique où figurent également des jeunes femmes dénudées, portent les insignes régaliens de cette divinité ; ce sont eux qui tiennent ses joyaux et son « ballot » sacré, lequel contient quelquefois des grains de maïs, quintessence de la chair de leur père. Or les jumeaux, dans des décors apparentés, entourent le dieu du maïs pendant que celui-ci surgit d'une carapace de tortue, animal que les Mayas anciens associaient métaphoriquement à la surrection des terres à partir des eaux primordiales : si bien que l'on peut supposer que ces scènes symbolisent en fait la résurrection de ce dieu. Une telle hypothèse est corroborée par la paire de Chac (représentation dédoublée du dieu de la pluie), brandissant des armes d'où jaillissent des éclairs, qui remplace à l'occasion les jumeaux de part et d'autre de cette même carapace. Tels les *Tlaloque* aztèques au mont Tonacatepetl, les Chac mayas étaient censés – cette légende est encore vivace chez les Mayas contemporains – avoir fendu en deux la montagne mythique où provenait le maïs.

Quoique non mentionnée dans le *Popol-Vuh* quiché, cette résurrection du dieu du maïs par les jumeaux héroïques ou par les Chac permet de mieux comprendre pourquoi Hunahpu et Ixbalanque se rendirent à Xibalba à la suite de leur géniteur : elle indique que, tout en cherchant à exercer leur vengeance, les jumeaux s'étaient également assigné pour mission de redonner vie à leur père afin de rapporter le maïs à la surface de la Terre. Comme on peut postuler aussi que cet épisode mythique traitait de bien autre chose que de la simple origine de cette graminée, car, dans le *Popol-Vuh*, la quête des épis de maïs jaunes et blancs avec lesquels fut façonnée l'actuelle humanité est décrite immédiatement après la défaite de Xibalba et la résurrection partielle de Hun Hunahpu et de Vucub Hunahpu. Toutes ces données suggèrent que, dès la période classique, les périlleux voyages entrepris par le dieu du maïs et ses fils renvoyaient finalement aux origines des êtres humains – à la création de la race du maïs. Par leur contenu explicite aussi bien que par leur signification implicite, ces périples souterrains rappellent donc tout à fait la descente aux Enfers de Quetzalcóatl, qui était allé dérober des ossements dans le Mictlan pour créer notre présente humanité (dans la mythologie aztèque, ces os sont réduits en une fine farine par l'antique déesse Cihuacoatl, alors que, dans le *Popol-Vuh*, les épis de maïs dont sont issus les humains sont broyés par la vieille Ixmucane).

Mythologie maya du Yucatán

Contrairement aux Mayas quichés des Hautes Terres, les Mayas de la péninsule du Yucatán nous ont légué très peu de matériaux mythologiques remontant au XVIe siècle. L'Espagnol Fray Diego de Landa, tout en fournissant des informations détaillées sur les rituels et calendriers de ces Mayas yucatèques, ne dit presque rien de leurs mythes : seuls le déluge et les « porteurs de ciel » sont brièvement évoqués dans les pages de sa *Relación*... Quant aux trois livres yucatèques préhispaniques connus sous le nom de codex de Dresde, de Madrid et de Paris, ils ne se rapportent qu'indirectement à des épisodes mythiques : on peut seulement remarquer, d'une part, que les « nombres-serpent » peints dans le codex de Dresde paraissent consigner des dates si reculées (elles sont antérieures à l'an 3114 avant notre ère, point de départ du dernier cycle de *Baktúns*) que l'on voit mal comment ces dates – comme d'autres références similaires renvoyant à la période classique ancienne – pourraient avoir un caractère historique. Leur ancienneté même suggère que les événements connotés ont trait à l'origine des dieux, à la création du monde actuel, etc., et l'on peut relever, d'autre part, que des formes préhispaniques de Hunahpu et d'Ixbalanque sont fréquemment représentées dans ces codex yucatèques, le plus souvent en association au dieu du maïs. Cela tendrait à démontrer qu'une version du *Popol-Vuh* antérieure à celles que les Mayas quichés nous ont transmises à l'époque coloniale était déjà attestée dans le Yucatán postclassique.

Nos plus importantes sources de documentation, en ce qui concerne la mythologie des anciens Mayas yucatèques, figurent dans les manuscrits indigènes appelés *Livres du Chilam-Balam*, qui sont tous postérieurs au XVIe siècle. Les mythes relatés dans ces textes sont référés à divers cycles calendariques incluant le « Compte long » maya, pratique qui, quoique rebutante pour le lecteur moderne, constituait une convention séculaire chez les Mayas des Basses Terres : les « nombres-serpent » du codex de Dresde tout autant que les inscriptions des monuments mayas classiques sont datés selon ce même calendrier vicésimal. Or les trois *Chilam-Balam* dits de Chumayel, de Tizimín et de Maní concordent sur des points majeurs : non seulement ces livres sacrés traitent du déluge et de la recréation du monde en des termes quasi identiques, mais on y trouve en outre des passages qui recoupent aussi bien les mythes de création aztèques que les informations de Landa et le codex de Dresde préhispanique.

Le déluge dans les mythes de création yucatèques

Le franciscain Diego de Landa, dans la *Relación de las cosas de Yucatán* qu'il composa vers 1566, relie le thème du déluge à la figure des quatre Bacab « porteurs de ciel » :

> Parmi les innombrables dieux qu'ils vénéraient figuraient quatre divinités qui répondaient chacune au nom de Bacab. Selon les gens de cette nation, Dieu, quand il avait créé le monde, avait placé ces quatre frères aux quatre coins de la Terre, afin qu'ils soutiennent le ciel et l'empêchent ainsi de tomber ; comme ils affirmaient aussi que ces Bacab avaient échappé à la destruction lorsque le déluge s'était abattu sur le monde.

Ces Bacab supports du ciel équivalent probablement au vieux dieu maya Pauahtun, être quadruple quelquefois identifié à des montagnes qui est souvent représenté en train de soutenir la Terre sur les monuments des Mayas anciens.

Les récits du déluge inclus dans les *Livres du Chilam-Balam* peuvent être tenus pour des mythes de création en cela qu'ils décrivent la genèse de notre monde actuel. Les principaux protagonistes, ici, sont d'une part Ah Muzencab (ce terme signifie sans doute « dieu des abeilles »), d'autre part Oxlahun-ti-ku et Bolon-ti-ku, dont les noms renvoient probablement aux treize *(oxlahun)* niveaux des cieux et aux neuf *(bolon)* étages du monde souterrain : dans tous ces documents coloniaux, Ah Muzencab et Bolon-ti-ku provoquent le déluge après avoir attaqué Oxlahun-ti-ku pour lui dérober ses insignes royaux. Or, comme dans le paragraphe précité de Diego de Landa, les versions de Chumayel et de Maní associent les Bacab à cet événement cataclysmique :

> Les eaux montèrent soudain quand les insignes d'Oxlahun-ti-ku furent volés. Puis le ciel tomba ; il s'effondra sur la terre au moment même où les quatre Bacab suscitèrent la destruction du monde.

De même que le *Popol-Vuh* quiché, ces œuvres yucatèques précisent qu'une race d'hommes inintelligents fut anéantie lors de ce déluge, mais elles n'expliquent pas à partir de quel matériau cette humanité avait été façonnée.

Les *Chilam-Balam* de Maní et de Tizimín font aussi allusion à la mise à mort d'un gigantesque caïman, nommé Itzam Cab Ain, qui symbolise à la fois la Terre et le déluge : dans ces deux textes, ce monstre est tué par Bolon-ti-ku :

> Alors survint le grand déluge qui submergea la Terre. Alors surgit le grand caïman Itzam Cab Ain, et ce fut la fin du monde, repli des *Katúns* : le monde de ce *Katún*, lui aussi, s'achèvera dans un déluge. Les neuf dieux [Bolon-ti-ku] ne s'entendaient pas, et ce fut alors que fut tranchée la gorge d'Itzam Cab Ain, qui soutenait des pays sur son dos.

Cet épisode évoque le mythe aztèque de la création de la Terre à partir du corps morcelé du caïman géant Tlaltecuhtli, et il est possible que cette description maya du déluge ait été empruntée au Mexique central à l'époque postclassique. Sur le site yucatèque de Mayapán a été découverte en effet une stèle postclassique récente qui montre Tlaltecuhtli en position accroupie : la paire de reptiles qui entourent le monstre rappelle le passage de l'*Histoyre du Méchique* où Tezcatlipoca et Quetzalcóatl démembrent la déesse crocodilienne en se transformant en deux serpents.

Immédiatement après ce déluge, cinq grands arbres sont disposés aux quatre coins et au centre de la Terre afin de soutenir le ciel tout en marquant les quatre points cardinaux ; dans les trois comptes rendus yucatèques, ces « arbres du monde » sont chacun associés à une couleur, à une direction de l'espace et à une ou plusieurs espèces d'oiseaux différentes, et voici comment cet épisode est décrit dans la version de Chumayel :

> Après que la destruction du monde fut achevée, ils dressèrent un arbre qui convint au loriot jaune. Puis l'arbre blanc de l'abondance fut érigé à son tour. Un pilier du ciel fut érigé, signe de l'anéantissement du monde : ce fut l'arbre blanc de l'abondance, qui s'éleva au nord. Puis l'arbre noir de l'abondance fut dressé à l'ouest afin que le *pidzoy* à poitrine noire vînt s'y percher. Puis l'arbre jaune de l'abondance fut dressé au sud pour témoigner de la destruction du monde : le *pidzoy* à poitrine jaune, le loriot jaune, le timide *mut* vinrent s'y poser. Puis l'arbre vert de l'abondance fut dressé au centre de la Terre afin de rappeler la destruction du monde.

Dans les versions de Maní et de Tizimín, c'est l'arbre rouge de l'est qui est planté le premier, le *Chilam-Balam* de Maní spécifiant par ailleurs que cet arbre oriental, dit Chac Imix Che, symbolisait l'aube.

Mythologie de création et calendriers du Yucatán

Comme on vient de le voir, la plupart des mythes de création évoqués dans les *Livres du Chilam-Balam* sont corrélés aux calendriers mayas. Ainsi, les trois versions du déluge et de la création du monde présentées dans ces textes prophétiques décrivent les événements qui étaient censés se produire pendant le *Katún 11 Ahau*, subdivision temporelle qui correspondait au premier *Katún* (période de 20 ans environ) d'une série de 13 se succédant en formant un cycle de 260 ans : individuellement distingués par le coefficient numérique du jour par lequel ils s'achevaient dans le calendrier de 260 jours, ces 13 *Katúns* se terminaient invariablement par le nom de jour *Ahau* et débutaient toujours par le nom de jour *Imix* (qui équivalait à *Cipactli* [Caïman] dans le calendrier aztèque) ; or, bien qu'étant associés à des couleurs distinctes, les arbres érigés après le déluge sont tous appelés *Imix Che* ou « arbres Imix », désignation qui renvoie manifestement au jour inaugural d'un nouveau cycle de *Katúns*.

Non seulement des événements de création sont référés aux cycles calendariques, mais les fêtes calendariques elles-mêmes commémorent souvent des épisodes de création. Dans le texte précité de Diego de Landa, par exemple, l'allusion au déluge et aux Bacab « porteurs de ciel » est suivie d'une description détaillée des rites de célébration du Nouvel An (le calendrier retenu étant celui de l'année « vague » de 365 jours) chez les Mayas yucatèques. Or une succession identique peut être observée après la page soixante-quatorze du codex de Dresde, qui a été largement interprétée comme représentant la destruction du monde et le déluge : dans la partie supérieure de cette page apparaît une voûte céleste d'aspect partiellement reptilien d'où jaillissent trois colonnes d'eau ; au-dessous de cette bande, l'antique déesse Chac Chel (Ix Chel) vide l'eau d'une jarre, tandis qu'un dieu noir – peut-être Chac – brandit des armes. Le texte qui accompagne ces illustrations cite les noms Bacab, Chac et Chac Chel tout en parlant d'un ciel noir et d'une terre noire qui symbolisent selon toute évidence la destruction du monde.

Dans la pagination originale de ce codex préhispanique, cette page soixante-quatorze précède quatre pages qui ont trait elles aussi à ces rites de célébration du Nouvel An que décrit Landa ; et l'un des événements primordiaux représentés dans ces quatre pages consiste dans l'érection de quatre arbres du monde associés aux quatre directions de l'espace, le premier de ces arbres étant l'arbre rouge de l'est. Comme dans le récit de

Landa, par conséquent, l'ordre de succession de ces cinq pages tend à démontrer que les Mayas se représentaient chaque nouvelle année comme un renouveau (symbolisé par les arbres directionnels) qui faisait suite à une destruction (reliée au déluge). On peut en déduire que leurs commémorations du Nouvel An répétaient la destruction et la recréation mythiques d'un monde originel. Les allusions au déluge ou à l'érection d'arbres du monde qui figurent dans les trois *Chilam-Balam* de Chumayel, de Tizimín et de Maní indiquent que les rituels accomplis pour célébrer les débuts des *Katúns* ou des autres périodes marquantes du « Compte long » participaient d'une répétition similaire.

Loin d'être spécifiques de l'aire maya, les mythes des Quichés et des Yucatèques anciens partagent nombre de traits communs avec la mythologie aztèque. Comme les Aztèques, les Mayas postclassiques du Yucatán et des Hautes Terres du Guatemala croyaient en l'existence de mondes antérieurs et étaient convaincus que le monde actuel avait été formé à l'issue d'un déluge. De même que l'expédition d'Ixbalanque et de Hunahpu et la défaite des dieux de la mort font penser au voyage aux Enfers de Quetzalcóatl, qui était descendu dans les profondeurs du Mictlan pour y retrouver les ossements des hommes-poissons exactement comme les jumeaux héroïques s'étaient aventurés à Xibalba pour y retrouver les restes de leur père : dans les deux cas, ces périples souterrains et la quête de la substance avec laquelle est façonnée la présente humanité semblent indissociables. L'art maya classique confirme que les mythes quichés et aztèques ont bien cette signification implicite. Mais l'ancienneté du motif de la résurrection de Hun Hunahpu par ses fils – cette scène, comme on l'a vu, orne maintes céramiques mayas de la période classique – démontre en même temps que la version maya de cet épisode ne saurait être tenue pour un élément récent de filiation centre-mexicaine.

Certains aspects de la mythologie maya sont visiblement empruntés aux cultures postclassiques du Mexique central. Le *Popol-Vuh* parle d'un serpent à plumes nommé Gucumatz et mentionne le nom de la cité de Tollan ; l'épisode yucatèque de la mort d'Itzam Cab Ain est indéniablement apparenté au mythe aztèque du démembrement de Tlaltecuhtli ; et la stèle mayapienne précédemment évoquée – celle où un monstre terrestre est sculpté en position accroupie – permet de penser que les Mayas du Yucatán connaissaient les mythes des Aztèques aussi bien que leurs conventions iconographiques. Néanmoins, il est possible que le motif maya du grand caïman associé au déluge corresponde à une authentique tradition classique, car un vase maya daté de la phase classique récente laisse voir un caïman qui est comme suspendu dans un ciel où apparaissent des symboles mortuaires et aquatiques. Cette scène, qui rappelle la bande céleste reptilienne de la page soixante-quatorze du codex de Dresde, est associée à la date *4 Ahau 8 Cumku*, point de départ du grand cycle de 13 *Baktúns* (périodes de 400 ans environ) qui avait débuté en l'an 3114 avant notre ère. Le calendrier classique dit du « Compte long » notait-il donc les jours à partir du déluge et de la recréation du monde ? Dans cette hypothèse, la coutume classique consistant à ériger des monuments de pierre aux intervalles les plus marquants du « Compte long » pourrait être regardée comme une répétition rituelle de l'érection des arbres du monde qui était censée s'être déroulée en ces temps primordiaux.

Mythologie méso-américaine

Les récits de création des Méso-Américains anciens ne s'écartent guère des forces de la nature. Non seulement leurs dieux sont très souvent rattachés aux vents, aux éclairs, à l'eau, aux corps célestes et à d'autres phénomènes naturels, mais leurs mythes accordent une place très importante aux cycles agricoles, le *Popol-Vuh* précisant par exemple que la chair des êtres humains eux-mêmes provenait du maïs. De cette conception naturaliste de l'univers découlait également la notion, documentée par de multiples sources, de la dette de sang – entendue au sens le plus littéral du terme – que les hommes avaient contractée envers leurs créateurs. Les diverses créations et destructions du monde qui étaient censées s'être succédé rappelaient en permanence à quel point il était dangereux de se soustraire à cette obligation.

Les calendriers et les calculs astrologiques fournissaient des points de repère indispensables à l'observation et à l'organisation de tous ces phénomènes naturels, et il n'est donc pas étonnant qu'ils aient joué eux aussi un rôle prééminent dans l'ancienne mythologie méso-américaine. Les mythes de création ou de destruction du monde des peuples méso-américains sont couramment décrits en termes d'événements calendariques : les Mayas yucatèques de la période postclassique récente, notamment, se représentaient les Nouvel An des années de 365 jours aussi bien que la fin des cycles de *Katúns* comme un renouveau consécutif à une destruction. Mais ces coïncidences établies entre des événements référés aux calendriers et des épisodes mythiques n'étaient pas uniquement métaphoriques, car les cycles calendariques servaient en outre à prédire les dates potentielles d'anéantissement de la Terre. Les phases terminales de ces cycles étaient tenues pour des époques particulièrement redoutables où les mythes retrouvaient force et vigueur pendant que les dieux et les autres forces créatrices ou destructrices s'affrontaient de nouveau dans le monde des mortels.

Les calendriers, l'astrologie et la mythologie des Méso-Américains anciens étaient ainsi intégrés à un système de croyances unifié et cohérent. Lors de la vigile du « nouveau feu » qui marquait l'achèvement des cycles aztèques de 52 ans, les habitants de Tenochtitlán observaient certains groupes d'étoiles avec anxiété en se demandant si le monde allait être détruit ou continuer, et la profonde influence des mouvements du Soleil, des étoiles, des planètes et d'autres objets astronomiques sur la vie quotidienne des peuples méso-américains est largement attestée par leur mythologie : c'est évident dans les mythes centre-mexicains, qui accordent une place majeure aux dieux célestes tels que Tlahuizcalpantecuhtli, Mixcoatl et Tonatiuh. Quant aux Mayas, les recherches récentes de Linda Schele et de David Freidel ont montré que l'expédition souterraine des héros jumeaux et de leur père reproduisait la procession annuelle des constellations au long de l'écliptique – mouvement zodiacal qui avait été observé aussi par les astronomes de notre Vieux Monde. Le nom de la Voie lactée (*Xibal Be*, ou « route de Xibalba ») dans un certain nombre de langues mayances vient à l'appui de cette thèse, qui tendrait à démontrer l'existence d'une corrélation structurelle sous-jacente entre les déplacements apparents des étoiles et des planètes et le développement de la mythologie méso-américaine.

Les mythes anciens de la Méso-Amérique sont nettement moins connus que les mythes mésopotamiens, égyptiens ou grecs de notre Vieux Monde. Non seulement nous ne comprenons qu'une petite partie de la mythologie existant à l'époque de la conquête espagnole, mais plus faible encore est la part des mythes classiques à laquelle nous avons accès. Comme on l'a vu, le démembrement de Tezcatlipoca par Xiuhtecuhtli qui orne la première page du codex Fejérváry-Mayer n'est pas attesté dans les mythes des anciennes cultures centre-mexicaines, et il en va de même de plusieurs illustrations des pages centrales du codex Borgia. Quant aux Mayas classiques, maints décors de leurs poteries renvoient également à des épisodes mythiques qui ne peuvent être reliés au *Popol-Vuh* ni aux autres mythes de leurs successeurs postclassiques, coloniaux ou contemporains. Sur certains vases polychromes, par exemple, apparaît un vieux dieu dont le grand chapeau et les insignes royaux sont volés par un lapin : cette divinité maya, dont le nom est inconnu, est répertoriée uniquement comme le « dieu L ».

Néanmoins, il est permis de penser que la mythologie des Mayas classiques n'est pas perdue à jamais, car le déchiffrement des glyphes mayas a considérablement progressé au cours de ces dernières années. De plus en plus nombreux, en effet, sont les dieux dont les noms ou les exploits sont lus et décryptés par les mayanistes. Au XIXe siècle, l'identification des hiéroglyphes égyptiens et des caractères cunéiformes mésopotamiens avait ouvert la voie à un flot d'hypothèses et d'interprétations particulièrement fructueuses, et tout semble indiquer que ce phénomène se répétera dans le champ des études mayas : on peut donc raisonnablement espérer que l'étude de la religion maya ancienne sera profondément renouvelée au cours des prochaines décennies.

Contrairement aux mythes mésopotamiens, égyptiens ou grecs de notre Vieux Monde, nombre d'épisodes et de personnages évoqués dans ce livre font toujours partie de la mythologie méso-américaine contemporaine. Ainsi, les aventures de Nanahuatzin sont narrées, aujourd'hui encore, par les populations de langue nahuatl établies dans la sierra de l'État de Puebla, tandis que les mythes des Indiens Coras et Huichols de l'ouest du Mexique partagent de nombreuses affinités avec la mythologie aztèque. Et, de même que les antécédents classiques du *Popol-Vuh* sont susceptibles d'éclairer l'épopée quichée, certains mythes mayas modernes peuvent jeter une lumière essentielle sur les textes par trop laconiques des débuts de la période coloniale : les mythes des Kekchis, des Mopans et des autres groupes mayas d'aujourd'hui contiennent souvent des épisodes et des motifs qui sont apparentés au *Popol-Vuh*, tout comme les mythologies actuelles des Mixes, des Popolucas et des Totonaques vivant dans les États de l'Oaxaca et de Veracruz font aussi écho à ce même *Popol-Vuh* en traitant des origines du dieu du maïs. Mais les éléments non préhispaniques – mentions de saints catholiques, allusions à des événements historiques récents, etc. – qui affleurent dans ces mythes méso-américains modernes ne doivent pas être interprétés comme un signe d'affadissement ou de dégénérescence ; ils montrent au contraire que l'on a affaire, ici, à une vigoureuse tradition orale qui a su préserver son héritage mythique tout en l'adaptant à un monde en perpétuel changement.

Conseils de lecture

La religion méso-américaine constituant un sujet aussi riche que complexe, les œuvres qui abordent cette vaste question sous toutes ses facettes sont assez rares. En la matière, un bon tableau général a été brossé par D. Carrasco dans ses *Religions of Mesoamerica* (San Francisco, 1990), où deux chapitres sont consacrés aux rituels et croyances des Mayas et des Aztèques, tandis que le lecteur pourra s'initier à la terminologie religieuse de ces peuples en consultant l'encyclopédie illustrée (*Gods and Symbols of Ancient Mexico and the Maya*, Londres, 1993) que M. Miller et moi-même venons de publier. Le livre de R. Markman et P. Markman intitulé *Flayed God* (San Francisco, 1992) introduira quant à lui à la mythologie méso-américaine tout en proposant des traductions de textes rédigés au début de la colonisation espagnole. Et *The Mythology of Mexico and Central America* de J. Bierhorst (New York, 1990) pourra être également parcourue avec profit pour la synthèse précieuse qu'elle livre sur les mythes méso-américains anciens et contemporains.

Concernant la religion des Aztèques et des autres populations du Mexique central, les volumineuses contributions d'E. Seler demeurent indispensables. Une version anglaise de ses savantes *Gesammelte Abhandlungen zur Amerikanischen Sprach-und-Altertumskunde* est en cours de publication, trois tomes étant déjà disponibles (Culver City, Californie, 1990-1992). M. León-Portilla a magistralement dépeint la vision du monde et la philosophie aztèques dans sa *Filosofia nahuatl* (Mexico, Universidad Nacional Autónoma de Mexico, 1979 ; trad. fr., *La Pensée aztèque*, Paris, Éd. du Seuil, 1985). Les mythes relatifs à Uitzilopochtli, ainsi que les dernières données archéologiques recueillies sur le Templo Mayor de Tenochtitlán, sont minutieusement présentés et traités par E. Matos Moctezuma dans son *Great Temple of the Aztecs* (Londres, 1988).

Parmi les sources primaires, datant de la période coloniale, qui nous renseignent sur la religion aztèque, le codex de Florence a une importance primordiale. Ce texte a été excellemment traduit en anglais par A. Anderson et C. Dibble (Santa Fe, Nouveau-Mexique et Salt Lake City, Utah, 1950-1982). J. Bierhorst a publié d'autre part une traduction récente de la *Leyenda de los soles* nahuatl dans son *History and Mythology of the Aztecs : The Codex Chimalpopoca* (Tucson, Arizona, 1992), de même que l'*Historia de los Mexicanos por sus pinturas* (trad. fr., *Histoire des Mexicains par leurs peintures : manuscrit espagnol anonyme du* XVI*e siècle*, Paris, Impr. J. London, 1988) et l'*Histoyre du Méchique* (in *Journal de la Société des américanistes*, Paris, 1905, t. II, n° 1, p. 3-45) peuvent être lues dans la *Teogonía e historia de los Mexicanos* de A. M. Garibay (Mexico, 1965).

Le déchiffrement de l'écriture hiéroglyphique maya est essentiel à l'étude de la religion des Mayas anciens. S. Houston, dans ses *Mayas Glyphs* (Londres et Berkeley, 1989), puis M. Coe, dans *Breaking the Maya Code* (Londres, 1992), ont traité tous les deux des péripéties de ce déchiffrement tout autant que de la nature présumée de ces hiéroglyphes. Et la lecture de l'ouvrage de L. Schele et M. Miller, *The Blood of Kings* (Fort Worth, Texas, 1986 et Londres, 1992), est tout à fait recommandée pour qui souhaite se documenter sur les orientations actuelles de la recherche en ce qui concerne l'écriture et la religion mayas classiques. Mon livre, *The Major Gods of Ancient Yucatan* (Washington, DC, 1992), décrit quant à lui les attributs et l'iconographie des anciennes divinités mayas. Les trois premiers volumes de *The Maya Vase Book* (New York, 1989, 1990, 1992) de J. Kerr méritent pareillement d'être cités pour l'excellent corpus et les nombreux articles qu'on y trouvera ; cet auteur a entrepris une recension exhaustive des décors de vases mayas.

Les deux meilleures traductions du *Popol-Vuh* me semblent être celles d'A. Recinos (Norman, 1950 ; trad. fr., *Popol-Vuh : le livre des Indiens mayas quichés*, Paris,

Albin Michel, 1991) et de D. Tedlock (New York, 1985). La *Landa's Relación de las cosas de Yucatan* d'A. Tozzer (Cambridge, Mass., 1941) fournit à la fois une transcription utile du document de Landa et de nombreuses informations très pertinentes sur la religion yucatèque de la période post-classique récente. Quant aux textes prophétiques connus sous le nom de *Livres du Chilam-Balam*, les versions dites *de Chumayel*, *de Tizimín* et *de Maní* sont les exemples les plus célèbres de cette littérature yucatèque coloniale. L'édition, par R. Roys, du *Chilam-Balam de Chumayel* (Norman, 1967) présente des qualités éminentes ; le *Chilam-Balam de Tizimín* a été intégralement traduit par M. Edmonson (Austin, Texas, 1982) ; et une version en langue anglaise du *Chilam-Balam de Maní* a été publiée par E. Craine et R. Reindorp dans leur *Codex Pérez and the Book of Chilam Balam of Maní* (Norman, 1979).

Plusieurs études importantes ont montré en quoi les mythes et légendes des Méso-Américains d'aujourd'hui se rattachent à la mythologie préhispanique. Les mythes des Nahuas, Indiens des Hauts Plateaux mexicains, ont été compilés par K. Preuss dès 1907 dans ses *Mitos y cuentos Nahuas de la Sierra Madre Occidental* (rééd. Mexico, 1982) avant d'être décrits par J. Taggart (*Nahuat Myths and Social Structure*, Austin, 1983). Quant aux Mayas contemporains, les mythes des Tzotzils du Chiapas sont particulièrement bien documentés, et les travaux de G. Gossen (*Chamulas in the World of the Sun*, Cambridge, Massachusetts, 1974) et de R. Laughlin (*Of Cabbages and Kings*, Washington, DC, 1977) méritent d'être signalés. Enfin, des récits d'origine maya yucatèque ont été réunis par A. Burns dans *An Epoch of Miracles* (Austin, 1983).

K. T.

Note bibliographique du traducteur

Signalons également quelques publications françaises :

Baudez, C., et Picasso, S., *Les Cités perdues mayas*, Paris, Gallimard, coll. « Découvertes », 1987.

Baudot, G., et Todorov, T., *Récits aztèques de la Conquête*, Paris, Éd. du Seuil, 1983.

Coe, M., *Les Maya : mille ans de splendeur d'un peuple*, Paris, Armand Colin, 1987.
–, *Les Premiers Mexicains : Olmèques, Toltèques, Aztèques*, Paris, Armand Colin, 1985.

Duverger, C., *La Fleur létale : économie du sacrifice aztèque*, Paris, Éd. du Seuil, 1979.
–, *L'Origine des Aztèques*, Paris, Éd. du Seuil, 1983.

Gendrop, P., *Les Mayas*, Paris, PUF, coll. « Que sais-je ? », 1978.

Gruzinski, S., *Le Destin brisé de l'empire aztèque*, Paris, Gallimard, coll. « Découvertes », 1987.

Landa, D. de, *Relation des choses de Yucatán*, Paris, Éd. Genet, 1928-1929, 2 vol.

Le Clézio, J. M. G., *Le Rêve mexicain ou la Pensée interrompue*, Paris, Gallimard, 1992.
–, *Les Prophéties du Chilam Balam*, Paris, Gallimard, 1976.

Sahagún, B. de, *Histoire générale des choses de la Nouvelle-Espagne*, Paris, François Maspero, 1981.

Simoni-Abbat, M., *Les Aztèques*, Paris, Éd. du Seuil, 1976.

Soustelle, J., *La Pensée cosmologique des anciens Mexicains*, Paris, Hermann, 1940.
–, *Les Aztèques*, Paris, PUF, coll. « Que sais-je ? », 1970.
–, *Les Maya*, Paris, Flammarion, 1982.
–, *L'Univers des Aztèques*, Paris, Hermann, 1979.

Index

Table

RÉALISATION : PAO ÉDITIONS DU SEUIL
IMPRESSION : NORMANDIE ROTO IMPRESSION S.A.S À LONRAI (03-2007)
DÉPÔT LÉGAL : FÉVRIER 1995. N° 22047-3 (07-0695)

Collection Points

SÉRIE SAGESSES

dirigée par Vincent Bardet et Jean-Louis Schlegel

Sa1. Paroles des anciens. Apophtegmes des Pères du désert *par Jean-Claude Guy*
Sa2. Pratique de la voie tibétaine, *par Chögyam Trungpa*
Sa3. Célébration hassidique, *par Elie Wiesel*
Sa4. La Foi d'un incroyant, *par Francis Jeanson*
Sa5. Le Bouddhisme tantrique du Tibet, *par John Blofeld*
Sa6. Le Mémorial des saints, *par Farid-ud-D'in' Attar*
Sa7. Comprendre l'Islam, *par Frithjof Schuon*
Sa8. Esprit zen, esprit neuf, *par Shunryu Suzuki*
Sa9. La Bhagavad Gîtâ, *traduction et commentaires par Anne-Marie Esnoul et Olivier Lacombe*
Sa10. Qu'est-ce que le soufisme ?, *par Martin Lings*
Sa11. La Philosophie éternelle, *par Aldous Huxley*
Sa12. Le Nuage d'inconnaissance *traduit de l'anglais par Armel Guerne*
Sa13. L'Enseignement du Bouddha, *par Walpola Rahula*
Sa14. Récits d'un pèlerin russe, *traduit par Jean Laloy*
Sa15. Le Nouveau Testament *traduit par Émile Osty et Joseph Trinquet*
Sa16. La Voie et sa vertu. Tao-tê-king, *par Lao-tzeu*
Sa17. L'Imitation de Jésus-Christ, *traduit par Lamennais*
Sa18. Le Mythe de la liberté, *par Chögyam Trungpa*
Sa19. Le Pèlerin russe, trois récits inédits
Sa20. Petite Philocalie de la prière du cœur *traduit et présenté par Jean Gouillard*
Sa21. Le Zohar, *extraits choisis et présentés par Gershom G. Scholem*
Sa22. Les Pères apostoliques *traduction et introduction par France Quéré*
Sa23. Vie et Enseignement de Tierno Bokar *par Amadou Hampaté Bâ*
Sa24. Entretiens de Confucius, *traduction par Anne Cheng*
Sa25. Sept Upanishads, *par Jean Varenne*
Sa26. Méditation et Action, *par Chögyam Trungpa*

Sa27. Œuvres de saint François d'Assise
Sa28. Règles des moines, *introduction et présentation par Jean-Pie Lapierre*
Sa29. Exercices spirituels par saint Ignace de Loyola *traduction et commentaires par Jean-Claude Guy*
Sa30. La Quête du Graal, *présenté et établi par Albert Béguin et Yves Bonnefoy*
Sa31. Confessions de saint Augustin *traduction par Louis de Mondadon*
Sa32. Les Prédestinés, *par Georges Bernanos*
Sa33. Les Hommes ivres de Dieu, *par Jacques Lacarrière*
Sa34. Évangiles apocryphes, *par France Quéré*
Sa35. La Nuit obscure, *par saint Jean de la Croix traduction du P. Grégoire de Saint-Joseph*
Sa36. Découverte de l'Islam, *par Roger Du Pasquier*
Sa37. Shambhala, *par Chögyam Trungpa*
Sa38. Un saint soufi du XXe siècle, *par Martin Lings*
Sa39. Le Livre des visions et instructions *par Angèle de Foligno*
Sa40. Paroles du Bouddha *traduit du chinois par Jean Eracle*
Sa41. Né au Tibet, *par Chögyam Trungpa*
Sa42. Célébration biblique, *par Elie Wiesel*
Sa43. Les Mythes platoniciens, *par Geneviève Droz*
Sa44. Dîwân, *par Husayn Mansûr Hallâj*
Sa45. Questions zen, *par Philip Kapleau*
Sa46. La Voie du samouraï, *par Thomas Cleary*
Sa47. Le Prophète *et* Le Jardin du Prophète *par Khalil Gibran*
Sa48. Voyage sans fin, *par Chögyam Trungpa*
Sa49. De la mélancolie, *par Romano Guardini*
Sa50. Essai sur l'expérience de la mort *par Paul-Louis Landsberg*
Sa51. La Voie du karaté, *par Kenji Tokitsu*
Sa52. Le Livre brûlé, *par Marc-Alain Ouaknin*
Sa53. Shiva, *traduction et commentaires d'Alain Porte*
Sa54. Retour au silence, *par Dainin Katagiri*
Sa55. La Voie du Bouddha, *par Kyabdjé Kalou Rinpoché*
Sa56. Vivre en héros pour l'éveil, *par Shantideva*
Sa57. Hymne de l'univers, *par Pierre Teilhard de Chardin*
Sa58. Le Milieu divin, *par Pierre Teilhard de Chardin*

Sa59. Les Héros mythiques et l'Homme de toujours
par Fernand Comte
Sa60. Les Entretiens de Houang-po
présentation et traduction de Patrick Carré
Sa61. Folle Sagesse, *par Chögyam Trungpa*
Sa62. Mythes égyptiens, *par George Hart*
Sa63. Mythes nordiques, *par R. I. Page*
Sa64. Nul n'est une île, *par Thomas Merton*
Sa65. Écrits mystiques des Béguines, *par Hadewijch d'Anvers*
Sa66. La Liberté naturelle de l'esprit, *par Longchenpa*
Sa67. La Sage aux champignons sacrés, *par Maria Sabina*
Sa68. La Mystique rhénane, *par Alain de Libera*
Sa69. Mythes de la Mésopotamie, *par Henrietta McCall*
Sa70. Proverbes de la sagesse juive, *par Victor Malka*
Sa71. Mythes grecs, *par Lucilla Burn*
Sa72. Écrits spirituels d'Abd el-Kader
présentés et traduits de l'arabe par Michel Chodkiewicz
Sa73. Les Fioretti de saint François
introduction et notes d'Alexandre Masseron
Sa74. Mandala, *par Chögyam Trungpa*
Sa75. La Cité de Dieu
1. Livres I à X, *par saint Augustin*
Sa76. La Cité de Dieu
2. Livres XI à XVII, *par saint Augustin*
Sa77. La Cité de Dieu
3. Livres XVIII à XXII, *par saint Augustin*
Sa78. Entretiens avec un ermite de la sainte Montagne
sur la prière du cœur, *par Hiérothée Vlachos*
Sa79. Mythes perses, *par Vesta Sarkhosh Curtis*
Sa80. Sur le vrai bouddhisme de la Terre Pure, *par Shinran*
Sa81. Le Tabernacle des Lumières, *par Ghazâlî*
Sa82. Le Miroir du cœur. Tantra du Dzogchen
traduit du tibétain et commenté par Philippe Cornu
Sa83. Yoga, *par Tara Michaël*
Sa84. La Pensée hindoue, *par Émile Gathier*
Sa85. Bardo. Au-delà de la folie, *par Chögyam Trungpa*
Sa86. Mythes aztèques et mayas, *par Karl Taube*
Sa87. Partition rouge, *par Florence Delay et Jacques Roubaud*
Sa88. Traité du Milieu, *par Nagarjuna*
Sa89. Construction d'un château, *par Robert Misrahi*
Sa90. Mythes romains, *par Jane F. Gardner*

Sa91. Le Cantique spirituel, *par saint Jean de la Croix*
Sa92. La Vive Flamme d'amour, *par saint Jean de la Croix*
Sa93. Philosopher par le Feu, *par Françoise Bonardel*
Sa94. Le Nouvel Homme, *par Thomas Merton*
Sa95. Vivre en bonne entente avec Dieu, *par Baal-Shem-Tov paroles recueillies par Martin Buber*
Sa96. Être plus, *par Pierre Teilhard de Chardin*
Sa97. Hymnes de la religion d'Aton *traduits de l'égyptien et présentés par Pierre Grandet*
Sa98. Mythes celtiques, *par Miranda Jane Green*
Sa99. Le Soûtra de l'estrade du Sixième Patriarche Houei-neng *par Fa-hai*
Sa100. Vie écrite par elle-même, *par Thérèse d'Avila*
Sa101. Seul à seul avec Dieu, *par Janusz Korczak*
Sa102. L'Abeille turquoise, *par Tsangyang Gyatso chants d'amour présentés et traduits par Zéno Bianu*
Sa103. La Perfection de sagesse *traduit du tibétain par Georges Driessens sous la direction de Yonten Gyatso*
Sa104. Le Sentier de rectitude, *par Moïse Hayyim Luzzatto*
Sa105. Tantra. La voie de l'ultime, *par Chögyam Trungpa*
Sa106. Les Symboles chrétiens primitifs, *par Jean Daniélou*
Sa107. Le Trésor du cœur des êtres éveillés, *par Dilgo Khyentsé*
Sa108. La Flamme de l'attention, *par Krishnamurti*
Sa109. Proverbes chinois, *par Roger Darrobers*
Sa110. Les Récits hassidiques, tome 1, *par Martin Buber*
Sa111. Les Traités, *par Maître Eckhart*
Sa112. Krishnamurti, *par Zéno Bianu*
Sa113. Les Récits hassidiques, tome 2, *par Martin Buber*
Sa114. Ibn Arabî et le Voyage sans retour, *par Claude Addas*
Sa115. Abraham ou l'Invention de la foi, *par Guy Lafon*
Sa116. Padmasambhava, *par Philippe Cornu*
Sa117. Socrate, *par Micheline Sauvage*
Sa118. Jeu d'illusion, *par Chögyam Trungpa*
Sa119. La Pratique de l'éveil de Tipola à Trungpa *par Fabrice Midal*
Sa120. Cent Éléphants sur un brin d'herbe, *par le Dalaï-Lama*
Sa121. Tantra de l'union secrète, *par Yonten Gyatso*
Sa122. Le Chant du Messie, *par Michel Bouttier*
Sa123. Sermons et Oraisons funèbres, *par Bossuet*
Sa124. Qu'est-ce que le hassidisme ?, *par Haïm Nisenbaum*

Sa125. Dernier Journal, *par Krishnamurti*
Sa126. L'Art de vivre. Méditation Vipassana enseignée par S. N. Goenka, *par William Hart*
Sa127. Le Château de l'âme, *par Thérèse d'Avila*
Sa128. Sur le Bonheur / Sur l'Amour *par Pierre Teilhard de Chardin*
Sa129. L'Entraînement de l'esprit et l'Apprentissage de la bienveillance *par Chögyam Trungpa*
Sa130. Petite Histoire du Tchan, *par Nguên Huu Khoa*
Sa131. Le Livre de la piété filiale, *par Confucius*
Sa132. Le Coran, *traduit par Jean Grosjean*
Sa133. L'Ennuagement du cœur, *par Rûzbehân*
Sa134. Les Plus Belles Légendes juives, *par Victor Malka*
Sa135. La Fin'amor, *par Jean-Claude Marol*
Sa136. L'Expérience de l'éveil, *par Nan Huai-Chin*
Sa137. La Légende dorée, *par Jacques de Voragine*
Sa138. Paroles d'un soufi, *par Kharaqânî*
Sa139. Jérémie, *par André Neher*
Sa140. Comment je crois, *par Pierre Teilhard de Chardin*
Sa141. Han-Fei-tse ou le Tao du prince, *par Han Fei*
Sa142. Connaître, soigner, aimer, *par Hippocrate*
Sa143. La parole est un monde, *par Anne Stamm*
Sa144. El Dorado, *par Zéno Bianu et Luis Mizón*
Sa145. Les Alchimistes *par Michel Caron et Serge Hutin*
Sa146. Le Livre de la Cour Jaune, *par Patrick Carré*
Sa147. Du bonheur de vivre et de mourir en paix *par Sa Sainteté le Dalaï-Lama*
Sa148. Science et Christ, *par Pierre Teilhard de Chardin*
Sa149. L'Enseignement de Sri Aurobindo *par Madhav P. Pandit*
Sa150. Le Traité de Bodhidharma *anonyme, traduit et commenté par Bernard Faure*
Sa151. Les Prodiges de l'esprit naturel, *par Tenzin Wangyal*
Sa152. Mythes et Dieux tibétains, *par Fabrice Midal*
Sa153. Maître Eckhart et la mystique rhénane *par Jeanne Ancelet-Hustache*
Sa154. Le Yoga de la sagesse *par Sa Sainteté le Dalaï Lama*

Sa155. Conseils au roi, *par Nagarjuna*
Sa156. Gandhi et la non-violence, *par Suzanne Lassier*
Sa157. Chants mystiques du tantrisme cachemirien, *par Lalla*
Sa158. Saint François d'Assise et l'esprit franciscain
par Ivan Gobry
Sa159. La Vie, *par Milarepa*
Sa160. L'Avenir de l'Homme
par Pierre Teilhard de Chardin
Sa161. La Méditation en Orient et en Occident
par Hans Waldenfels
Sa162. Les Entretiens du Bouddha, *par Mohan Wijayaratna*
Sa163. Saint Benoît et la vie monastique
par Claude Jean-Nesmy
Sa164. L'Esprit du Tibet, *par Dilgo Khyentsé*
Matthieu Ricard
Sa165. Dieu et Moi, *par Aldous Huxley*
Sa166. Les Dernières Paroles de Krishna, *anonyme*
Sa167. Yi-King, par Thomas Cleary, *Lieou Yi-Ming*
Sa168. St Grégoire Palamas et la Mystique orthodoxe
par Jean Meyendorff
Sa169. Paraboles celtiques, *par Robert Van de Weyer*
Sa170. Le Livre des dialogues, *par Catherine de Sienne*
Sa171. Cendres sur le Bouddha, *par Seung Sahn*
Sa172. Conseils spirituels aux bouddhistes et aux chrétiens
par Sa Sainteté le Dalaï-Lama
Sa173. Charles de Foucault et la Fraternité
par Denise et Robert Barrat
Sa174. Préceptes de vie issus de la sagesse amérindienne
par Jean-Paul Bourre
Sa175. Préceptes de vie issus du guerrier de lumière
par Jean-Paul Bourre
Sa176. L'Énergie humaine, *par Pierre Teilhard de Chardin09/02*
Sa177. Dhammapada, *traduit par Le Dong*
Sa178. Le Livre de la chance, *par Nagarjuna*

Collection Points

SÉRIE ESSAIS

DERNIERS TITRES PARUS

218. Don Juan ou Pavlov
par Claude Bonnange et Chantal Thomas
219. L'Aventure sémiologique, *par Roland Barthes*
220. Séminaire de psychanalyse d'enfants, tome 1
par Françoise Dolto
221. Séminaire de psychanalyse d'enfants, tome 2
par Françoise Dolto
222. Séminaire de psychanalyse d'enfants
tome 3, Inconscient et destins, *par Françoise Dolto*
223. État modeste, État moderne, *par Michel Crozier*
224. Vide et Plein, *par François Cheng*
225. Le Père : acte de naissance, *par Bernard This*
226. La Conquête de l'Amérique, *par Tzvetan Todorov*
227. Temps et Récit, tome 1, *par Paul Ricœur*
228. Temps et Récit, tome 2, *par Paul Ricœur*
229. Temps et Récit, tome 3, *par Paul Ricœur*
230. Essais sur l'individualisme, *par Louis Dumont*
231. Histoire de l'architecture et de l'urbanisme modernes
1. Idéologies et pionniers (1800-1910), *par Michel Ragon*
232. Histoire de l'architecture et de l'urbanisme modernes
2. Naissance de la cité moderne (1900-1940)
par Michel Ragon
233. Histoire de l'architecture et de l'urbanisme modernes
3. De Brasilia au post-modernisme (1940-1991)
par Michel Ragon
234. La Grèce ancienne, tome 2
par Jean-Pierre Vernant et Pierre Vidal-Naquet
235. Quand dire, c'est faire, *par J. L. Austin*
236. La Méthode
3. La Connaissance de la Connaissance, *par Edgar Morin*
237. Pour comprendre *Hamlet*, *par John Dover Wilson*
238. Une place pour le père, *par Aldo Naouri*
239. L'Obvie et l'Obtus, *par Roland Barthes*
241. L'Idéologie, *par Raymond Boudon*

242. L'Art de se persuader, *par Raymond Boudon*
243. La Crise de l'État-providence, *par Pierre Rosanvallon*
244. L'État, *par Georges Burdeau*
245. L'Homme qui prenait sa femme pour un chapeau *par Oliver Sacks*
246. Les Grecs ont-ils cru à leurs mythes ?, *par Paul Veyne*
247. La Danse de la vie, *par Edward T. Hall*
248. L'Acteur et le Système *par Michel Crozier et Erhard Friedberg*
249. Esthétique et Poétique, *collectif*
250. Nous et les Autres, *par Tzvetan Todorov*
251. L'Image inconsciente du corps, *par Françoise Dolto*
252. Van Gogh ou l'Enterrement dans les blés *par Viviane Forrester*
253. George Sand ou le Scandale de la liberté, *par Joseph Barry*
254. Critique de la communication, *par Lucien Sfez*
255. Les Partis politiques, *par Maurice Duverger*
256. La Grèce ancienne, tome 3 *par Jean-Pierre Vernant et Pierre Vidal-Naquet*
257. Palimpsestes, *par Gérard Genette*
258. Le Bruissement de la langue, *par Roland Barthes*
259. Relations internationales
   1. Questions régionales, *par Philippe Moreau Defarges*
260. Relations internationales
   2. Questions mondiales, *par Philippe Moreau Defarges*
261. Voici le temps du monde fini, *par Albert Jacquard*
262. Les Anciens Grecs, *par Moses I. Finley*
263. L'Éveil, *par Oliver Sacks*
264. La Vie politique en France, *ouvrage collectif*
265. La Dissémination, *par Jacques Derrida*
266. Un enfant psychotique, *par Anny Cordié*
267. La Culture au pluriel, *par Michel de Certeau*
268. La Logique de l'honneur, *par Philippe d'Iribarne*
269. Bloc-notes, tome 1 (1952-1957), *par François Mauriac*
270. Bloc-notes, tome 2 (1958-1960), *par François Mauriac*
271. Bloc-notes, tome 3 (1961-1964), *par François Mauriac*
272. Bloc-notes, tome 4 (1965-1967), *par François Mauriac*
273. Bloc-notes, tome 5 (1968-1970), *par François Mauriac*
274. Face au racisme
   1. Les moyens d'agir
   sous la direction de Pierre-André Taguieff

275. Face au racisme
2. Analyses, hypothèses, perspectives
sous la direction de Pierre-André Taguieff
276. Sociologie, *par Edgar Morin*
277. Les Sommets de l'État, *par Pierre Birnbaum*
278. Lire aux éclats, *par Marc-Alain Ouaknin*
279. L'Entreprise à l'écoute, *par Michel Crozier*
280. Nouveau Code pénal
présentation et notes de Me Henri Leclerc
281. La Prise de parole, *par Michel de Certeau*
282. Mahomet, *par Maxime Rodinson*
283. Autocritique, *par Edgar Morin*
284. Être chrétien, *par Hans Küng*
285. A quoi rêvent les années 90 ?, *par Pascale Weil*
286. La Laïcité française, *par Jean Boussinesq*
287. L'Invention du social, *par Jacques Donzelot*
288. L'Union européenne, *par Pascal Fontaine*
289. La Société contre nature, *par Serge Moscovici*
290. Les Régimes politiques occidentaux
par Jean-Louis Quermonne
291. Éducation impossible, *par Maud Mannoni*
292. Introduction à la géopolitique
par Philippe Moreau Defarges
293. Les Grandes Crises internationales et le Droit
par Gilbert Guillaume
294. Les Langues du Paradis, *par Maurice Olender*
295. Face à l'extrême, *par Tzvetan Todorov*
296. Écrits logiques et philosophiques, *par Gottlob Frege*
297. Recherches rhétoriques, Communications 16
ouvrage collectif
298. De l'interprétation, *par Paul Ricœur*
299. De la parole comme d'une molécule, *par Boris Cyrulnik*
300. Introduction à une science du langage
par Jean-Claude Milner
301. Les Juifs, la Mémoire et le Présent, *par Pierre Vidal-Naquet*
302. Les Assassins de la mémoire, *par Pierre Vidal-Naquet*
303. La Méthode
4. Les idées, *par Edgar Morin*
304. Pour lire Jacques Lacan, *par Philippe Julien*
305. Événements I
Psychopathologie du quotidien, *par Daniel Sibony*

306. Événements II
Psychopathologie du quotidien, *par Daniel Sibony*
307. Les Origines du totalitarisme
Le système totalitaire, *par Hannah Arendt*
308. La Sociologie des entreprises, *par Philippe Bernoux*
309. Vers une écologie de l'esprit 1.
par Gregory Bateson
310. Les Démocraties, *par Olivier Duhamel*
311. Histoire constitutionnelle de la France, *par Olivier Duhamel*
312. Droit constitutionnel, *par Olivier Duhamel*
313. Que veut une femme ?, *par Serge André*
314. Histoire de la révolution russe
1. Février, *par Léon Trotsky*
315. Histoire de la révolution russe
2. Octobre, *par Léon Trotsky*
316. La Société bloquée, *par Michel Crozier*
317. Le Corps, *par Michel Bernard*
318. Introduction à l'étude de la parenté, *par Christian Ghasarian*
319. La Constitution, *introduction et commentaires*
par Guy Carcassonne
320. Introduction à la politique, *par Dominique Chagnollaud*
321. L'Invention de l'Europe, *par Emmanuel Todd*
322. La Naissance de l'histoire (tome 1), *par François Châtelet*
323. La Naissance de l'histoire (tome 2), *par François Châtelet*
324. L'Art de bâtir les villes, *par Camillo Sitte*
325. L'Invention de la réalité
sous la direction de Paul Watzlawick
326. Le Pacte autobiographique, *par Philippe Lejeune*
327. L'Imprescriptible, *par Vladimir Jankélévitch*
328. Libertés et Droits fondamentaux
sous la direction de Mireille Delmas-Marty
et Claude Lucas de Leyssac
329. Penser au Moyen Age, *par Alain de Libera*
330. Soi-Même comme un autre, *par Paul Ricœur*
331. Raisons pratiques, *par Pierre Bourdieu*
332. L'Écriture poétique chinoise, *par François Cheng*
333. Machiavel et la Fragilité du politique
par Paul Valadier
334. Code de déontologie médicale, *par Louis René*
335. Lumière, Commencement, Liberté
par Robert Misrahi

336. Les Miettes philosophiques, *par Søren Kierkegaard*
337. Des yeux pour entendre, *par Oliver Sacks*
338. De la liberté du chrétien *et* Préfaces à la Bible
par Martin Luther (bilingue)
339. L'Être et l'Essence
par Thomas d'Aquin et Dietrich de Freiberg (bilingue)
340. Les Deux États, *par Bertrand Badie*
341. Le Pouvoir et la Règle, *par Erhard Friedberg*
342. Introduction élémentaire au droit, *par Jean-Pierre Hue*
343. Science politique
1. La Démocratie, *par Philippe Braud*
344. Science politique
2. L'État, *par Philippe Braud*
345. Le Destin des immigrés, *par Emmanuel Todd*
346. La Psychologie sociale, *par Gustave-Nicolas Fischer*
347. La Métaphore vive, *par Paul Ricœur*
348. Les Trois Monothéismes, *par Daniel Sibony*
349. Éloge du quotidien. Essai sur la peinture
hollandaise du XVIIIe siècle, *par Tzvetan Todorov*
350. Le Temps du désir. Essai sur le corps et la parole
par Denis Vasse
351. La Recherche de la langue parfaite
dans la culture européenne
par Umberto Eco
352. Esquisses pyrrhoniennes, *par Pierre Pellegrin*
353. De l'ontologie, *par Jeremy Bentham*
354. Théorie de la justice, *par John Rawls*
355. De la naissance des dieux à la naissance du Christ
par Eugen Drewermann
356. L'Impérialisme, *par Hannah Arendt*
357. Entre-Deux, *par Daniel Sibony*
358. Paul Ricœur, *par Olivier Mongin*
359. La Nouvelle Question sociale, *par Pierre Rosanvallon*
360. Sur l'antisémitisme, *par Hannah Arendt*
361. La Crise de l'intelligence, *par Michel Crozier*
362. L'Urbanisme face aux villes anciennes
par Gustavo Giovannoni
363. Le Pardon, *collectif dirigé par Olivier Abel*
364. La Tolérance, *collectif dirigé par Claude Sahel*
365. Introduction à la sociologie politique
par Jean Baudouin

366. Séminaire, livre I : les écrits techniques de Freud
par Jacques Lacan
367. Identité et Différence, *par John Locke*
368. Sur la nature ou sur l'étant, la langue de l'être ?
par Parménide
369 Les Carrefours du labyrinthe, I, *par Cornelius Castoriadis*
370. Les Règles de l'art, *par Pierre Bourdieu*
371. La Pragmatique aujourd'hui,
une nouvelle science de la communication
par Anne Reboul et Jacques Moeschler
372. La Poétique de Dostoïevski, *par Mikhaïl Bakhtine*
373. L'Amérique latine, *par Alain Rouquié*
374. La Fidélité, *collectif dirigé par Cécile Wajsbrot*
375. Le Courage, *collectif dirigé par Pierre Michel Klein*
376. Le Nouvel Age des inégalités
par Jean-Paul Fitoussi et Pierre Rosanvallon
377. Du texte à l'action, essais d'herméneutique II
par Paul Ricœur
378. Madame du Deffand et son monde
par Benedetta Craveri
379. Rompre les charmes, *par Serge Leclaire*
380. Éthique, *par Spinoza*
381. Introduction à une politique de l'homme,
par Edgar Morin
382. Lectures 1. Autour du politique
par Paul Ricœur
383. L'Institution imaginaire de la société
par Cornelius Castoriadis
384. Essai d'autocritique et autres préfaces, *par Nietzsche*
385. Le Capitalisme utopique, *par Pierre Rosanvallon*
386. Mimologiques, *par Gérard Genette*
387. La Jouissance de l'hystérique, *par Lucien Israël*
388. L'Histoire d'Homère à Augustin
préfaces et textes d'historiens antiques
réunis et commentés par François Hartog
389. Études sur le romantisme, *par Jean-Pierre Richard*
390. Le Respect, *collectif dirigé par Catherine Audard*
391. La Justice, *collectif dirigé par William Baranès*
et Marie-Anne Frison Roche
392. L'Ombilic et la Voix, *par Denis Vasse*
393. La Théorie comme fiction, *par Maud Mannoni*

394. Don Quichotte ou le roman d'un Juif masqué
par Ruth Reichelberg
395. Le Grain de la voix, *par Roland Barthes*
396. Critique et Vérité, *par Roland Barthes*
397. Nouveau Dictionnaire encyclopédique
des sciences du langage
par Oswald Ducrot et Jean-Marie Schaeffer
398. Encore, *par Jacques Lacan*
399. Domaines de l'homme, *par Cornelius Castoriadis*
400. La Force d'attraction, *par J.-B. Pontalis*
401. Lectures 2, *par Paul Ricœur*
402. Des différentes méthodes du traduire
par Friedrich D. E. Schleiermacher
403. Histoire de la philosophie au XXe siècle
par Christian Delacampagne
404. L'Harmonie des langues, *par Leibniz*
405. Esquisse d'une théorie de la pratique
par Pierre Bourdieu
406. Le XVIIe siècle des moralistes, *par Bérengère Parmentier*
407. Littérature et Engagement, de Pascal à Sartre
par Benoît Denis
408. Marx, une critique de la philosophie, *par Isabelle Garo*
409. Amour et Désespoir, *par Michel Terestchenko*
410. Les Pratiques de gestion des ressources humaines
par François Pichault et Jean Mizet
411. Précis de sémiotique générale, *par Jean-Marie Klinkenberg*
412. Écrits sur le personnalisme, *par Emmanuel Mounier*
413. Refaire la Renaissance, *par Emmanuel Mounier*
414. Droit constitutionnel, 2. Les démocraties
par Olivier Duhamel
415. Droit humanitaire, *par Mario Bettati*
416. La Violence et la Paix, *par Pierre Hassner*
417. Descartes, *par John Cottingham*
418. Kant, *par Ralph Walker*
419. Marx, *par Terry Eagleton*
420. Socrate, *par Anthony Gottlieb*
421. Platon, *par Bernard Williams*
422. Nietzsche, *par Ronald Hayman*
423. Les Cheveux du baron de Münchhausen
par Paul Watzlawick
424. Husserl et l'Énigme du monde, *par Emmanuel Housset*

425. Sur le caractère national des langues
par Wilhelm von Humboldt*
426. La Cour pénale internationale, *par William Bourdon*
427. Justice et Démocratie, *par John Rawls*
428. Perversions, *par Daniel Sibony*
429. La Passion d'être un autre, *par Pierre Legendre*
430. Entre mythe et politique, *par Jean-Pierre Vernant*
431. Entre dire et faire, *par Daniel Sibony*
432. Heidegger. Introduction à une lecture, *par Christian Dubois*
433. Essai de poétique médiévale, *par Paul Zumthor*
434. Les Romanciers du réel, *par Jacques Dubois*
435. Locke, *par Michael Ayers*
436. Voltaire, *par John Gray*
437. Wittgenstein, *par P.M.S. Hacker*
438. Hegel, *par Raymond Plant*
439. Hume, *par Anthony Quinton*
440. Spinoza, *par Roger Scruton*
441. Le Monde morcelé, *par Cornelius Castoriadis*
442. Le Totalitarisme, *par Enzo Traverso*
443. Le Séminaire Livre II, *par Jacques Lacan*
444. Le Racisme, une haine identitaire, *par Daniel Sibony*
445. Qu'est-ce que la politique ?, *par Hannah Arendt*
447. Foi et Savoir, *par Jacques Derrida*
448. Anthropologie de la communication, *par Yves Winkin*
449. Questions de littérature générale, *par Emmanuel Fraisse et Bernard Mouralis*
450. Les Théories du pacte social, *par Jean Terrel*
451. Machiavel, *par Quentin Skinner*
452. Si tu m'aimes, ne m'aime pas, *par Mony Elkaïm*
453. C'est pour cela qu'on aime les libellules
par Marc-Alain Ouaknin
454. Le Démon de la théorie, *par Antoine Compagnon*
455. L'Économie contre la société
par Bernard Perret, Guy Roustang
456. Entretiens Francis Ponge Philippe Sollers
par Philippe Sollers - Francis Ponge
457. Théorie de la littérature, *par Tzvetan Todorov*
458. Gens de la Tamise, *par Christine Jordis*
459. Essais sur le Politique, *par Claude Lefort*
460. Événements III, *par Daniel Sibony*
461. Langage et Pouvoir symbolique, *par Pierre Bourdieu*

462. Le Théâtre romantique, *par Florence Naugrette*
463. Introduction à l'anthropologie structurale *par Robert Deliège*
464. L'Intermédiaire, *par Philippe Sollers*
465. L'Espace vide, *par Peter Brook*
466. Étude sur Descartes, *par Jean-Marie Beyssade*
467. Poétique de l'ironie, *par Pierre Schoentjes*
468. Histoire et Vérité, *par Paul Ricoeur*
469. Une charte pour l'Europe *Introduite et commentée par Guy Braibant*
470. La Métaphore baroque, d'Aristote à Tesauro *par Yves Hersant*
471. Kant, *par Ralph Walker*
472. Sade mon prochain, *par Pierre Klossowski*
473. Freud, *par Octave Mannoni*
474. Seuils, *par Gérard Genette*
475. Système sceptique et autres systèmes, *par David Hume*
476. L'Existence du mal, *par Alain Cugno*
477. Le Bal des célibataires, *par Pierre Bourdieu*
478. L'Héritage refusé, *par Patrick Champagne*
479. L'Enfant porté, *par Aldo Naouri*
480. L'Ange et le Cachalot, *par Simon Leys*
481. L'Aventure des manuscrits de la mer Morte *par Hershel Shanks (dir.)*
482. Cultures et Mondialisation *par Philippe d'Iribarne (dir.)*
483. La Domination masculine, *par Pierre Bourdieu*
484. Les Catégories, *par Aristote*
485. Pierre Bourdieu et la théorie du monde social *par Louis Pinto*
486. Poésie et Renaissance, *par François Rigolot*
487. L'Existence de Dieu, *par Emanuela Scribano*
488. Histoire de la pensée chinoise, *par Anne Cheng*
489. Contre les professeurs, *par Sextus Empiricus*
490. La Construction sociale du corps, *par Christine Detrez*
491. Aristote, le philosophe et les savoirs *par Michel Crubellier et Pierre Pellegrin*
492. Écrits sur le théâtre, *par Roland Barthes*
493. La Propension des choses, *par François Jullien*
494. La Mémoire, l'Histoire, l'Oubli, *par Paul Ricœur*
495. Un anthropologue sur Mars, *par Oliver Sacks*